D+

dear+ novel

hanafurumachi no shinkonsan・・・・・・・・・・

花降る町の新婚さん

彩東あやね

新書館ディアプラス文庫

花降る町の新婚さん

contents

illustration：木下けい子

hanafuru machino
shinkonsan
花降る町の新婚さん
みやの
みやの

温泉旅館の朝は忙しい。

百年以上続く老舗の跡継ぎで、若旦那と呼ばれる立場ならなおさらだ。

誰よりも早く起きて前庭と玄関前を掃き清め、ロビーをざっと整えてからフロント業務につく。八時から九時までの間はチェックアウトする客で立て込むので、なかなかフロントから離れられない。だからといって動かないわけにもいかず、出立する客に「この辺で観光できるところはありますか?」と訊かれれば、地図を片手に名所の説明をするし、土産物コーナーがこみ合っていれば、そっちを手伝うこともする。

ようはなんでも係なのだ、若旦那というやつは。愛想がよくてフットワークが軽くなければこなせない、と昴流は思っている。

「ありがとうございます。またのお越しをお待ちしております」

最後の客を乗せた車が完全に見えなくなると、昴流は両手を突きあげて伸びをした。

花降る町の温泉旅館みやの――というのが昴流の家だ。

数寄屋造りの本館と和風モダンの別棟の他に、風呂付きの離れが五つある。売りは、山海の滋味を厳選した会席料理と、趣向を凝らした大浴場と露天風呂。みやのは花降る町でいちばんの老舗、かつ大きな宿になる。

ちなみに『花降る町』というのは当て字で、本来の表記は『花古町』が正しい。

二十年ほど前に花田町と古屋町が合併して花古町になったとき、どうせなら字面の美しい花降る町で宣伝しようと、観光協会と温泉旅館組合とで決めたのだと聞いている。実際、旧花田町にも旧古屋町にも花の名所が多くあり、四月のいまは桜が満開だ。あと一月もすれば藤の花が咲くだろう。

昴流は地元の高校を卒業してから家業に携わるようになったので、若旦那歴は六年になる。初めのうちこそワイシャツの上にみやのと染め抜かれた法被を羽織ることに抵抗があったものの、いつの間にか慣れてしまった。その法被の下で空きっ腹がぐるぅと鳴り、ひとり苦笑する。

今日は延長の客が多かったので、すでに昼が近い。腕時計の示す時間に「まじかー」と顔をしかめてから、庭の園路を通って板場の裏手へ向かう。

「亮さん、お疲れー。手が空いたから賄い食べてもいい?」

板場に繋がる勝手口を開けて上半身を突っ込むと、「あいよ」と気のいい声が返ってくる。

亮治郎は、昴流がよちよち歩きの頃からみやのにいる板前で、日々の食事はもちろんのこと、昴流が高校生だった頃は弁当まで作ってくれた人だ。任侠映画に出ていそうな強面だが、顔に似合わず美しい料理を作る。

「坊ちゃん、昨日の鯛でも構わねえかい？　ヅケにしてるやつがあるんだ」

「鯛⁉　っしゃあー！」

笑みを広げたのも束の間、昴流はむっとして鼻の付け根に皺を寄せた。

「亮さんってば、坊ちゃん呼びは禁止。いつも言ってんじゃん。もう二十四なんだから勘弁してよ」

「何一丁前みてえなこと言ってんだ。坊ちゃんは坊ちゃんでしょうが」

亮治郎はかかっと笑うと、業務用の冷蔵庫のほうに歩んでいく。

一人前扱いするにはまだまだ足りないものがあるらしい。「んだよもう」と下顎を突きだし、勝手口の上がり口に腰を下ろす。

酸いも甘いも噛みわけた四十代の亮治郎から見れば、昴流は半人前以前に外見からして『坊ちゃん』なのだろう。癖のない黒髪と黒目がちの眸、お世辞にも長身とはいえない背丈のせいで、久しぶりに会う友達にはたいていプッと笑われる。どうも昴流は小学生の頃からまるで雰囲気が変わっていないのだとか。「宮野くんっていまだに跳び箱とか跳んでそうだよねー」と同級生の女子に言われたことがあるので、相当童顔のようだ。

（あーあ。どうやったら男の色香ってやつをぷんぷん撒き散らせるようになるんだか）

やわく握った拳でぐりぐりと顔面のマッサージをしていると、後ろから伸びた手に「あいよ、お待たせ」と丼を差しだされた。醤油の染みたぷりぷりの鯛と、すりたてのわさびの香り。ヅケ丼を目にした途端、自分が童顔かどうかなんてどうでもよくなった。

「亮さん、ありがとう！　いっただきまーす」

満面笑顔で丼を受けとろうとしたときだ。

「そういや、旦那さんと女将さんはどちらに？」

と、亮治郎に訊かれてしまい、「あ……」の口で固まる。

亮治郎のいう旦那さんと女将さんとは、昴流の両親のことだ。今日は大切な用があり、一、二時間ほどみやのを留守にすると聞いているのだが。

「ちょっと前から姿が見えねえんですよ。週末の仕入れの件で相談したいことがあるんですけどねえ」

亮治郎が困惑した顔で首を傾げるということは、二人は従業員に何も知らせずに出かけたのだろう。そう簡単に説明できる用向きではないので仕方がないかもしれない。急いで思考を巡らせ、当たり障りのない言い訳を捻りだす。

「えぇっとなんだっけ……そうそう！　早苗の習い事のことで出かけないといけなくなったみたいだよ」

「お嬢ちゃんの？」

早苗というのは、四つ下の昴流の妹だ。みやので仲居見習いをしつつ、花嫁修業という名目で、華道に書道にと、せっせと稽古事に励んでいる。

「ふぅん……旦那さんと女将さんが揃って出向かなきゃなんねえってことは、相当大事なご用なんでしょうね」

亮治郎が疑わしげに目を細めてみせるのも当然だ。両親が揃ってみやのを留守にすることは、昴流の知っている限り――ない。

「と、とりあえず、昼過ぎには戻るって聞いてるから」

昴流は亮治郎から丼と箸を受けとると、逃げるようにして外へ出た。賄いを食べるときの定位置、軒下の縁台に腰を下ろしてから、はぁと息をつく。

昴流は生まれ育ったこの町、花降る町が大好きだ。宿場町の風情の残るレトロな街並みの向こうには緩やかに連なる山があり、季節の移ろいを肌で感じることができる。海から少し離れているので潮風に悩まされることもなく、気候は温暖、雪も滅多に積もることがない。

だがこの町には美しい町名にそぐわない、眉をひそめたくなる欠点がひとつある。

いわゆる長年の確執というやつだ。昴流の両親は今日こそそれを解決すべく、出かけている。

喧嘩の相手は、高台に建つホテル、リゾートヴィラ・ＭＩＳＡＫＩ。昴流の祖父が温泉旅館組合の組合長をしていたときに営業を開始したホテルだ。当時、昴流は小学生だった。突然大きな工事車両が町道を行き来するようになり、あれよあれよという間に山が切り拓かれ、平たくなった山の一角に白亜の建物ができ、度胆を抜かれたのを覚えている。

祖父は事あるごとに「あのホテルのやつらは組合に挨拶もせずにやってきた」と憤慨していたので、町のしきたりを無視した新規参入だったのだろう。とはいえ、ホテルの経営者である美崎一族は、長くシンガポールで暮らしていたと聞いている。しきたりの存在自体、知らなかったのかもしれない。

いずれにせよ、温泉旅館組合とリゾートヴィラ・ＭＩＳＡＫＩとの間に深い溝ができてしまったのは本当だ。こじれにこじれたせいで、いまではみやの派閥とMISAKI派閥まである。祖父が「あのホテルと取引する業者とはいっさい関わらん！」と公言し、他の宿もみやのに倣ってしまったのだ。

けれど、MISAKIも負けてはおらず、自分たちで源泉を掘り当てただけでなく、県内外から小売店を呼び寄せ、高台一帯をホテルの雰囲気に合わせたショップで固めた。当然これらの店は、みやのとも温泉旅館組合とも関わろうとしない。

（同じ町なのにどうして……）

昴流は小学生の頃からずっと疑問に思ってきた。子ども同士の付き合いも、誰々の家はMISAKIの派閥だからと、理解できない理由で制限されてきたのだ。

しかし元凶だった祖父は昨年亡くなり、いまは昴流の父が温泉旅館組合の長をしている。景気の冷え込みが止まらないいま、過去の諍いにとらわれていては客を逃してしまう。半人前の昴流にでも分かることなのだから、両親はもっと分かっているはずだ。

（どうか話し合いがうまくいきますように）

今日は組合を抜きにした四人きりの話し合いだと聞いている。みやのからは昴流の両親、MISAKIからはオーナー夫妻という面子だ。

オーナー夫妻の息子もいま、昴流と同じように落ち着かない気持ちでいるかもしれない。箸を咥えてスマホを握り、『そっち、帰ってきた？』とLINEを送る。

あ、既読になったと思っていたら、すぐに返事が届いた。

『うちはまだ。そっちは？』

スマホに触れるということは、向こうも休憩中なのだろう。手の空く時間というのは、旅館でもホテルでもだいたい同じだ。

昴流が『うちもまだ』『超そわそわする』と送ると、『俺も』という一言のあとにスタンプが届いた。悲壮な顔つきをした柴犬のスタンプで、思わず声に出して笑う。

『いま休憩中？』

『休憩中。昴流は？』

『いっしょ。俺も賄い食べてるとこ』

なんだかまどろっこしくなり、結局通話ボタンをタップする。電話はすぐに繋がった。

「さっきのスタンプ何。キャラちがってんじゃん」

『どこが。昴流っぽいだろ』

「はあ？　俺？」

『ああいう顔してんだろうなって思って、いま』

「――してねえよ！」

反射的に言い返したものの、語気の強さほどには腹を立てていない。向こうもそこら辺のことはよく分かっていて、あははと笑う声がスマホを通して昴流の耳をくすぐる。

電話の相手は、美崎瑛人。リゾートヴィラ・ＭＩＳＡＫＩの御曹司だ。ＭＩＳＡＫＩの取締役専務でもあるし、昴流の小学校からの友人でもある。ＬＩＮＥと電話はほぼ毎日で、週に一度は会うほど仲がいい。

けれど双方の親も派閥の人間も、二人が友人関係を築いていることに気づいていない。昴流と瑛人は、まるでつがいの親鳥のように友情という名の卵を大切に守り、外敵から隠してきたからだ。

「お兄ちゃん。お父さんとお母さんが帰ってきたよ」

仲居姿の早苗にこっそりささやかれたのは、昴流が男衆たちとともに大浴場の掃除を始めたときだった。早苗は素早く辺りを見まわすと、昴流の耳に「話があるから事務室に来てほしいんだって」と続ける。

おそらく両親はＭＩＳＡＫＩとの話し合いの結果を昴流に伝えたいのだろう。すぐにでも向かいたいところだが、昴流が風呂掃除から抜けると、男手が足りなくなってしまう。「分かった、あとで行く」と早苗に答え、大急ぎで湯殿を整える。

結局、小一時間ほどかかってしまっただろうか。タオルで汗を拭いながら事務室の扉を開けると、応接用のソファーに父と早苗が腰をかけていた。母は女将業に戻ったのか姿がなく、事務担当の従業員も出払っているようだ。早苗は昴流に気づくとすぐにソファーを立ち、グラスに麦茶をそそいで持ってくる。

「父さん、待たせてごめん。どうだった、今日」

ソファーに腰を下ろしながら尋ねると、父が口許にたくわえた髭をちょんといじり、笑ってみせる。

「昴流、前途洋々だ。美崎さんもうちと同じ気持ちだったんだ」

「えっ、ほんとに？」

「ああ。仲違いしたままでは花降る町を衰退させてしまう、これからの町を担うだろう若い人たちのためにも何もかも水に流しましょう、そう仰ってくださった」

まじまじと父の顔を見てから、「よかったぁー！」と息を吐きだす。

「めっちゃ心配してたんだよ。いや、どうなるかと思ってさ」

意を決して踏みだした一歩目は、転倒ではなく前進という結果を生むことができたらしい。これからの花降る町はきっと住みよい町になるだろう。自然と笑みがこぼれ出た。

「ただ、派閥がなぁ……」

父が一転し、眉間に深い皺を刻む。

「うちと美崎さんとの関係が改善されたとしても、双方の派閥の住民たちの関係まで改善できるとは限らんだろ。いかんせん、仲違いしていた時期が長すぎた。うちと美崎さんがあっさり手を取り合うことに反発する住民もいるかもしれん。いままで派閥を意識して、取引業者まで選んできたんだからな」

「あー……」

確かに派閥の問題は難しい。

とはいえ、過ぎ去った日々を悔いてばかりでは何も始まらない。昨日にはなかった道が目の前に延びたのは事実なのだから、その道を活かせる方法を考えるほうが建設的だろう。うまくいけば町がひとつにまとまるのだ。

「何かないかなぁ。どっちの派閥も納得のいく仲直りの方法は……」

昴流が腕組みをして考えていると、父が真向かいからじっと視線をそそいでいることに気がついた。昴流のとなりに座っている早苗も息をつめ、昴流の横顔を凝視（ぎょうし）している。

（…………？）

昴流が男衆たちと大浴場の掃除をしているときに、昴流抜きで話し合った事柄があるのかもしれない。父と早苗の双方に視線をやり、「何」と訊く。

「いや、まあその……この際、美崎さんと親戚関係になるってのはどうだ」

「親戚関係？　どうやって」

昴流が瞬（またた）くと、父は口をもぞつかせ、視線を低いところにさまよわす。早苗にいたっては、なぜか頬を赤くしてもじもじし始め、まったく意味が分からない。

もしかしてこの二人、双方の派閥に「実は美崎家とは遠縁だったんです」とでも言うつもりなのだろうか。和風顔揃いの宮野家と、美形揃いの美崎家。両家の人間の顔立ちを見比べれば、ものの数秒でうそだとバレてしまうだろうに。

「いやいや、いくらなんでも親戚は無理でしょ。もっと真面目に考え――」

「瑛人くんを覚えているか？」

「え？」

「美崎さんのところのご長男だよ。お前が小学生の頃、転校してきただろうが。あの当時のお前は、瑛人くんと仲がよかったんじゃないのか？」

ふいを突かれたせいで、いまでも超仲いいけど？　と、真顔で答えてしまうところだった。

派閥間のねちねちした争いは十分すぎるほど身に沁みているので、隠れて築きあげてきた瑛人との関係をここで告白する気にはなれない。「まあ、あの頃はね」ととぼける昴流の前で、父が気負った表情をする。

「嫁がせたいんだ。早苗を瑛人くんに」

「……は？」

「結婚だ、結婚」

「……け……けっこん？」

「察しの悪いやつだな。早苗と瑛人くんが夫婦になれば、うちと美崎さんは親戚関係になるだろうが」

早苗と瑛人が結婚――。

しっかり十秒以上固まってから、「えええーっ」と声を上げる。

「さ、早苗……おま、付き合ってたの？　瑛人と？」

「やあだ、そんなわけないじゃない」

顔を真っ赤にした早苗にぱしんと肩を叩かれ、訳が分からなくなった。

交際もしていないのに、なぜ結婚という文字が出てくるのか。妄想婚なら頭のなかだけにしてほしい。そんな帰流の混乱が伝わったのか、父が荒々しく息をつく。

「ったく。お前は一から十まで説明しなきゃ分かんねえのか。縁談だ、分かるか？　え、ん、だ、ん。美崎さん夫妻が持ちかけてくださったんだ」

「えん、だん……って、えっ、縁談？」

「そうだ、その縁談だ。美崎さん夫妻は、前から早苗のことをかわいらしいお嬢さんだと思ってくださってたらしいぞ。若い二人が家庭を築くなら、派閥の人間もとやかく言えんだろ。早苗もまんざらでもなさそうだし」

はっとして早苗を見る。

「うん！　瑛人さん、すごくかっこいいし、やさしそうだし、女子にめちゃくちゃ人気があったんだよ。実は私も憧れてたんだよねー」

（おいおい、すでにその気かよ！）

　思わず頭を抱える昴流に、父がとどめの言葉を放つ。

「来週、両家の顔合わせをすることになった。今度は昴流、お前も来い。もちろん早苗も連れていく。美崎さんも瑛人くんを連れていくと仰っていたからな」

「ちょ、ちょっと待って。それってもしかして――」

　心を整えるため、一度唾を飲む。ごくっと大きな音がした。

「世間で言う、お見合いってやつ？」

「ま、そういうことになるだろうな」

　あっさり父が認めたせいで、目の前が真っ暗になった。

　カーンと響く、ししおどしの音。どこだか分からない料亭の座敷で、照れながら挨拶を交わす瑛人と早苗の姿が脳裏に映しだされ、「うあああーっ」と叫んで立ちあがる。

「断固反対！　誰が結婚なんかさせるもんかっ。あれだけ派閥が派閥がって、じいちゃんといっしょになって俺の付き合いに口出ししてきたくせに、瑛人んちと仲直りした途端に結婚とかふざけてるだろ！　話が飛びすぎなんだよっ」

　くわっと目を剝いて父に言ってから、次は早苗に人差し指を突きつける。

「お前、瑛人がどんだけモテると思ってんだっ。彼女なんか月替わりだぞ⁉　平々凡々で鼻ぺちゃのお前が嫁ぐには、百年も二百年も早い相手なんだよ！」

何それひどい！　と早苗が喚いていたが、まったく耳に入らなかった。ぎりっと奥歯を嚙みしめて法被を脱ぎ、丸めたそれをソファーの座面に叩きつける。父と早苗が揃ってびくっと肩を跳ねさせるのが見えた。

「――ちょっと出かけてくるっ！」

今夜の宿泊客がやってくる夕方までなら、比較的自由に動ける。それはホテル勤務である瑛人も同じだ。瑛人に『いますぐすみれに来ーい！』と強気なＬＩＮＥを送りつけてから、愛車の軽四に乗り込む。

すみれというのは、となり町にある喫茶店の名前だ。空き店舗の目立つ商店街の裏通りで、ひっそりと営業している。「いらっしゃい」と応じるマスターに、いつものもの――ミルク多めのカフェオレをオーダーし、いつもの席――いちばん奥のボックス席に腰を下ろす。

すみれに来るとたいていほっとするのだが、今日は熱いおしぼりで顔を拭いても苛立ちが治まらない。苛立ちついでに『妹はやらないからな』『許すまじ！』『呪います』と立て続けに瑛人にＬＩＮＥを送る。

（くそくそくそ、ぜったい結婚なんかさせるもんか）

両家の確執が解消された途端に縁談なんて、都合がいいにもほどがある。とんびに油揚げをさらわれるようなものだ。この場合、とんびは早苗で、油揚げは瑛人になる。ちなみに昴流も油揚げだ。瑛人とぴったりくっついていた、二枚目の油揚げ――。

(うん？　比喩(ひゆ)が変だな)

眉根を寄せてカフェオレに角砂糖を放り込んでいると、入り口のカウベルが鳴った。はっとして腰を浮かせ、瑛人の姿を見つける。

すごくかっこいいし、やさしそうだしと、早苗に言わしめた男の登場だ。なんだか無性(むしょう)に腹が立ち、闘う直前の土佐犬(とさいぬ)のように顔を歪(ゆが)めて迎えてやる。

実際、瑛人は美形としか言いようのない顔立ちだ。目尻は切れ長で鼻梁(びりょう)も高く、髪と眸は茶色に近い鳶色(とびいろ)だ。男らしさのなかにも、大和(やまと)男子にはない華がある。曾祖母(そうそぼ)がフランス人だということも関係しているのだろう。同級生の女子たちはしょっちゅう瑛人を盗み見ては、「美崎くんって王子さま系だよねー」と、きゃあきゃあ騒いでいた。

大人になったいまは、リゾートホテルの専務という肩書きと、一八〇センチを超える身長までモノにしているので、王子さま度もうなぎ上りにちがいない。昴流が着れば、おいおい七五三かよと確実に突っ込まれるだろう仕事着――黒のスリーピーススーツをさらりと着こなしている。

「んだよ、ひでー顔だな」

瑛人は昴流の土佐犬顔を笑ってから、となりに腰を下ろしてきた。

向かい合わせではなく横並びに座るのは、いつの頃からのお決まりだ。瑛人はマスターにホットコーヒーをオーダーすると、スマホの画面を昴流に向ける。

「これ、何。呪いますって来てんだけど」

「呪うだろ。早苗と結婚したら」

「あ、その話？」

「他に何があるってんだよっ」

ぐわっと吠えて、握った拳を瑛人に向ける。もちろんぶつけることはしないで、わなわなと震わせるだけだ。

「家同士が仲直りした途端に縁談だぞ？　そうは問屋が卸さないってまさにこのことだろ。俺はぜったい反対。早苗と結婚したら、祟り神になってやるからな」

「そんなに嫌なのか？　いつからシスコンになったんだよ」

「誰がシスコンだ。嫌なもんは嫌なんだ！」

親友がいきなり義理の弟になるなど、受け入れられるわけがない。昴流と瑛人が親にも派閥にも隠れて友人関係を築いてきたように、瑛人と早苗も隠れて交際していたというのなら話は別だが、二人は現時点で付き合ってもいないのだ。

（うん？　待てよ）

ふと嫌な予感がして、ぎろりと目を動かす。

「なあ、瑛人。まさか早苗と結婚したいとか言うんじゃないだろうな。縁談の話を聞かされたとき、親にどんな返事をしたんだよ」

「別にいまは彼女もいないし、会うだけなら構わないって答えたけど？」

「はあああ？」

般若の形相で迫る昴流を、瑛人が「ちょ、落ち着けって」となだめにかかる。

「うちと昴流の家の不仲が解消されたんだ。遅かれ早かれ、両家の顔合わせは必要だろ？　結婚するとかしないとかは、次の段階の話だよ。それより昴流のほうはどうなんだ。うちの姉貴と結婚したいのか？」

「杏子さんと？　何それ」

昴流が瞬くと、今度は瑛人のほうが「はあ？」と顔をしかめる。

「縁談の話、ちゃんと聞いてきたんだろうな。俺と早苗ちゃん、もしくは昴流とうちの姉貴、ダブル縁談だったぞ」

「ダブル、縁談……？」

怒りに任せてみやのを飛びだしたため、そこまで聞いていなかった。ぎょっとして目を瞠り、瑛人の姉――杏子を思い浮かべる。

確か五つほど年上だっただろうか。瑛人以上に整った顔立ちをしているせいか、冷たく見える。弟の同級生に親しげに話しかけてくるタイプでもないので、とっつきにくく感じるのも苦手なポイントだ。

「杏子さんかぁ……無理だろな。現実的じゃないよ。しゃべったこともほとんどないし、夫婦どころか、友達にもなれない気がする」

「だと思った。ま、姉貴もありえないって言ってたよ。童貞は恋愛対象外なんだってさ」

さらりと聞き捨てならないことを言われてしまい、カッと目許が熱くなる。

「おま、なぜ杏子さんに言う！　俺がいちばん気にしてる個人情報を！」

「言ってねーよ。見りゃ分かるんだって。あの人、百戦錬磨だから」

一戦も交えたことのない昴流には縁のない言葉だ。弟が恋多き男なのだから、姉も似たようなタイプなのだろう。げんなりと口角を下げてソファーにもたれる。長いため息が出た。

「……っと、参るよな」

瑛人がぼやき、テーブルに頬杖をつく。

「親戚になるって案はいいと思うんだよ。いまどきありえないとも思うけど、住民全員と顔見知りみたいな田舎町だし、双方の派閥を黙らせるには効果的だろ？」

「分かってるよ。分かってるけど、俺は都合よすぎなのが腹立つわけ。だって俺たちには散々あっちの家とは付き合うなとか言っておいて、仲直りした途端に娘を嫁がせます、親戚になりますって反則じゃね？　いままでの俺らの苦労はいったい何だったんだよ」

昴流が鼻息荒く訴えると、瑛人も「確かに」とため息をつく。

瑛人が昴流の通う小学校に転校してきたのは、三年生の夏休み明けだった。美崎という名字を聞いただけであのホテルの子だと分かったが、しきたりがどうのとうるさいことを言うのは祖父を始めとする大人たちだけで、子どもには関係ない、少なくとも昴流はそう思っていた。だから瑛人には積極的に話しかけたし、遊びにも誘った。まだ田舎町にも学校にも馴染んでいない瑛人が引くくらい、まとわりついていたと思う。おかしな正義感からではなく、単純に興味があったからだ。

日本ではない国で生まれ育ち、王子さま級の容姿を持っていて、五十メートル走は俊足の八秒台、勉強もできる。にもかかわらず、鼻にかけたところがないとくれば、興味津々だろう。瑛人も次第に打ち解けてくれて、それからずっと仲がいい。

けれど子ども同士の仲とは裏腹に、家同士の仲はこじれるばかりで、昴流たちが小学校の高学年になる頃には、町に派閥らしいものができてしまった。祖父や父に反発することもしたが、小学生の身でできる反抗など、たかが知れている。だから瑛人と遊ぶときはしゃかりきに自転車を漕いで、町外で会うようになったのだ。その習慣は、互いに大人になったいまでも変わらない。こうして二人で会うのはとなり町の裏通りにある喫茶店、すみれなのだから。

「だけどまあ、悪い話じゃないよなぁ」

ぽつりと聞こえた呟きの意味が分からず、「え?」と瞬いて瑛人を見る。

「何。何が悪い話じゃないわけ?」

「だから縁談だよ。親の目論みどおりに動くのは気に入らないけど、そこら辺の感情を差し引くと、悪くない話だと思わないか？　もし俺と早苗ちゃんが結婚したら、俺と昴流は義理の兄弟になるだろ？　こんなふうに隠れてこそこそ会う必要がなくなるじゃないか。もしかしたら、みやので同居ってことにもなるかもしれないし」

「は、あ？」

「あ、待てよ、昴流んちで同居するのは無理か。俺は一応長男だし」

真面目な表情で顎に手をやる瑛人を、信じられない思いで見つめる。

確かに昴流と瑛人が義理の兄弟になれば、町内のどの道だって堂々と肩を並べて歩くことができるだろう。だからといって、そんなしょうもないことを結婚の決め手にされても困る。

この感覚のちがいは、瑛人がモテすぎるせいで、彼女をとっかえ引っかえしてきたことと関係があるのかもしれない。中高時代の瑛人は女の子から告白されると、二つ返事で付き合うタイプだったのだ。「もしかしたらあの子が俺の運命の相手かもしれないだろ？」――いったい何度、その手の科白を聞かされたことか。

結婚相手もそんなふうにとっかえ引っかえできて、なおかつ入籍後も引き続き運命の相手探しができると思っているのなら、大まちがいだ。

「瑛人。ちょっと耳貸して」

「ん」

本当は大声で叫びたいところだが、ここはすみれだ。筒状に丸めた両手を瑛人の耳にあてがい、空気多めの声で言ってやる。

「あのなぁ！　結婚は好きな人とするもんなんだ！」

「え？」

「え、じゃねえよ。好きで好きでたまんなくて、大好きすぎる人とするのが結婚！　それ以外の理由なんかいらねえんだよ！」

自分で言っておきながら、カァーッと頬が熱くなった。

恋愛経験もないくせに何言ってんだと、頭のなかでもうひとりの自分がププッと噴きだす。いやいや、恋愛経験がないからこそだと、もうひとりの自分に言ってやる。

恋よりも甘くて尊くて、松花堂弁当のように繊細でかわいらしいおかずがぎゅぎゅっとつまったもの——それが結婚だ。夢を見て何が悪い。

「びっくりした……。まさか昴流に説かれるなんて」

「言いたくもなるよ。瑛人は昔から軽すぎるんだ。ちょっと女の子に告白されただけですぐに付き合うし。ほんとに好きなら、自分からガンガン口説くだろ？　も、スタートからまちがってんだよ、瑛人は」

すでに温くなっているカフェオレを一気に飲み干したとき、昴流のスマホが鳴った。父からだ。電話をとった瞬間、『どこをほっつき歩いてんだ！』と怒鳴られ、慌てて腕時計を覗く。瑛人と話し込んでいるうちに時間が経つのを忘れてしまったらしい。いつの間にかチェックインの時刻を過ぎていた。

「やばい。瑛人、もう帰んなきゃ」

たやすく会える関係ではないのに、実のある話し合いにならなかったのがもどかしい。瑛人と揃ってボックス席を出て、カウンターの端にあるレジに向かう。

先に昴流がカフェオレの代金を払っていると、後ろで瑛人がぽそりと呟いた。だよなぁ、と聞こえた気がするのだが、気のせいだろうか。

「何。なんか言った?」

「いや、別に」

言いつつも、瑛人はあきらかに何かを考える様子でホットコーヒーの代金を支払っている。

その小難しい表情がようやく晴れたのは、互いの車を停めてあるコインパーキングに辿り着く頃だった。

「よし、決めた。この方法で行こう」

「……あ?」

「名案を思いついたんだ。最強の縁談回避法だ」

「えっ、まじで?」

ああ、と力強く瑛人がうなずく。最強という言葉に相応しい、自信に満ち溢れた表情だ。

「俺は早苗ちゃんとは結婚しないし、昴流もうちの姉貴と結婚しなくていい。互いの派閥だけじゃない、俺らの親も黙らせることのできる方法がひとつある。俺にも昴流にも二度と縁談なんか来ないぞ」

さすが長年の友人、頼りになる。胸に一筋の光が射し込んだ。

ぱっと笑みを広げた昴流と同じように瑛人も笑い、昴流の肩を抱いてくる。

「来週の両家の顔合わせ、必ず来いよ。記念日になるはずだから」

「記念日？」

「うまくいけば、毎年シャンパンを買ってお祝いしなくちゃいけない日になるってことだよ」

「おおー」

きらっと目を輝かせ、名案の詳細を聞きたいところだが、いかんせん時間がない。父から『とっとと帰ってこんかー！』と二度目の着信が入ったせいもある。昴流は「分かった、ぜったい行く！」と瑛人に手を振ると、大急ぎで愛車に乗り込んだ。


――で、名案って何。

何度か瑛人に尋ねたものの、「当日のお楽しみってことで」とはぐらかされ、結局何も分からないまま、両家の顔合わせの日を迎えた。

場所は、リゾートヴィラ・MISAKI。平日とはいえ、互いに家業を持っていて多忙なため、ランチやディナーはなし。それでも妹の早苗は、瑛人との見合いの席だからと張りきり、振袖に身を包んでいる。昴流は適当なスーツで出向くつもりだったのだが、「めかし込んで来いよ」と瑛人に言われたので、一張羅のスリーピース姿だ。

(誰が顔合わせの主役になるんだろ。まさか俺じゃないよなぁ)

しきりに首を捻りながら、MISAKIのアプローチを歩く。

瑛人と仲がよくても、MISAKIの敷地内に入るのは初めてだ。敷地のほとんどは芝生敷きで、本館は西洋建築の五階建て、その周囲を白亜のヴィラが取り囲む。起伏のある地形を活かした配置になっていて、まるで異国のリゾート地のようだ。澄んだ空を映したプールや、神殿のようなチャペル、季節の花の咲く庭園もある。

「宮野さん、ようこそ私たちのホテルへ」

本館の玄関前で昴流たちを出迎えたのは、瑛人の両親だった。学校の参観日や懇談の日に挨拶程度なら交わしたことがあるので、初対面というわけではない。美崎夫妻と談笑しながら歩く両親についていき、本館二階の広間に辿り着く。

広間の入り口では、瑛人と杏子が待っていた。

(おいおい、気合い入れすぎだろ)

杏子はシンプルなワンピース姿だったが、瑛人はウィングカラーのシャツにアスコットタイを合わせている。胸に花でも飾れば、そのままガーデンウェディングの新郎役になれそうだ。

洗練された瑛人の装いを目にした早苗がのぼせないわけがなく、昂流のとなりで「こ、こんにちはっ」と上擦った声で言う。

「いらっしゃい、二人とも。久しぶりだね」

よそいきの顔で微笑む瑛人に、同じくよそいきの顔で「どうも」と返す。

広間には優雅な曲線を持つ大きなテーブルがあり、MISAKIのスタッフたちの手でアフタヌーンティーの支度が整えられようとしていた。閑寂な趣をよしとするみやのとは、まるで雰囲気がちがう。興味深げに広間を見まわすふりで踏みだすと、瑛人もついてきた。さりげなく目配せをして、両親からもテーブルからも離れた窓辺に歩む。

瑛人のスーツ姿は見慣れているとはいえ、今日は仕事用のスーツとは打って変わって華やかだ。上から下までまじまじと見てから、「気合い入ってんじゃん」とぼそっと呟く。

「昂流も似合ってるよ。見ちがえた」

「どこがだよ」

昂流の百倍以上似合っている男に言われたくない。やわく握った拳で瑛人の横腹を突く。

「なあ、名案って本当に大丈夫なんだろうな。俺は杏子さんと結婚しないよ？」

「当たり前だ。昂流の相手は姉貴じゃない」

瑛人がむっとした様子で眉をひそめたが、名案の詳細を聞かされていない昂流としては、いまひとつ信じられない。「だまし討ちみたいな真似はぜったいやめてくれよ」としつこく念押ししていると、アフタヌーンティーの支度が整ったのだろう。「どうぞ、お席のほうへ」とスタッフに声をかけられた。

席次は、美崎家と宮野家が向かい合って座る形だった。やはりお見合いを兼ねているようで、昴流の対面には杏子が腰をかけ、早苗の対面には瑛人が座る。給仕役のスタッフもいて、なんだか落ち着かない。

それぞれの父親が挨拶と家族の紹介をしたあと、親睦を深めるためのアフタヌーンティーが始まった。ここからどうお見合いへ繋げていくのか。早苗と瑛人はそれなりに会話を交わしているものの、杏子はお見合いに乗り気でないのが分かる態度で、昴流を見ようともしない。

(ま、まあ、ぐいぐい来られても、困るのは俺だしな……)

もそもそとスコーンをかじっていると、瑛人の父が下手な咳払いをした。

「えー、先日宮野さんとお話をさせていただいたのですが、お互い年頃の息子と娘を持っているということで、まあなんといいますか、若い人たち同士、よい縁を結ぶことができましたら、親としてこれ以上うれしいことはなく——」

どきっとして頬の筋肉が硬くなる。

この口上はまちがいない、お見合いの開始を知らせるものだ。

どうか逃げきれますようにと心のなかで祈り、汗ばむ手をテーブルの下で握る。頼みの綱は瑛人だけだ。斜交いに視線を送ったとき、いきなり瑛人の父に名前を呼ばれた。

「昴流くん。杏子に案内させるから、ホテルのなかを歩いてみてはどうかな。内装にはこだわっていてね。みやのさんの跡継ぎである昴流くんに、ぜひ見ていただきたいんだよ」

「え……」

瑛人の父はにっこり微笑むと、今度は早苗の名前を呼ぶ。

「早苗さんにはどうかうちの庭園を散策していただきたい。ちょうど薔薇が咲き始めたところでね。——瑛人。早苗さんを案内してさしあげなさい」

「いいんですか？　うれしい。私、薔薇の花、大好きなんです」

石のように固まる昴流とは対照的に、早苗は上気した頬をうれしそうにほころばす。その様子を見た瑛人の両親は、並々ならぬ手応えを感じたらしい。瑛人の母は「待ってて、すぐに日傘の用意をさせるわ」と腰を浮かせ、父のほうはこのチャンスをふいにするんじゃないぞとばかりに、瑛人にサインを送っている。

二組に分かれて広間を離れてしまったら、何が起こるか分からない。がしっと強く振袖の腕をホールドする。

「いいえ、結構です。こいつは花より団子派なので」

「ちょっとやめてよ、お兄ちゃん」

みっともなく兄妹で揉み合っていると、瑛人が立ちあがった。

「父さん、まわりくどいことはやめましょう」

そう父親に言ってから、早苗を見る。

「ごめんね、早苗ちゃん。庭園を案内するのはまた今度でいいかな？　せっかくの機会だから、今日は大事な話がしたいんだ」

「おい、瑛人――」

「父さん。初めて話すことなんだけど、聞いてほしい。俺には好きな人がいるんだ。その人以外とは結婚したくない。たとえ早苗ちゃんのように素敵な女性が相手でも無理なんだ。だって結婚は、好きで好きでたまらない人とするものだろう？」

　はっとして眉根を寄せる。

　もしや、好きな人とやらをでっち上げて、縁談をご破算にするのが名案というやつなのだろうか。ちゃっかり昴流の結婚観まで引用しているが、いくらなんでもベタすぎる。そりゃないよと思わず天を仰いだものの、双方の親には効いたようだ。浮き足立っていた空気がしゅんと萎み、気まずい沈黙が横たわる。

（そっか。結婚したいくらい好きな人がいるっていうのは、ある意味、鉄壁だもんな）

　恋愛をしたことのない昴流には、到底思いつかなかった案だ。なるほどなとうなずいていると、場を繕うかのように昴流の父が口を開く。

「いやいや、瑛人くん。何も君に早苗をもらってほしいだなんて言ってないんだよ。もちろんもらってもらえるのならこれほどうれしいことはないんだが、うちにはその、息子もいる」

父が首を伸ばして昴流を見る。

「お前、以前から年上の女性とお近づきになりたいと言っていただろ?」

「……は?」

生まれてこのかた二十四年、一度も言った覚えはありませんけど? と、しかめた顔で答えを送る。——が、ものの見事に黙殺された。

「照れなくてもいいじゃないか。お前は少し頼りないところがあるから、しっかりした女性に引っ張ってもらえるほうがありがたいだろう。なあ、昴流」

父は昴流だけでなく、杏子にも笑顔を向ける。

(こ、これは……)

見事なほど露骨な方向転換だ。カッと頭に血がのぼったが、瑛人の家族もいる場所で「ふざけんなっ」とは怒鳴れない。必死になって逃げ道を探していると、瑛人がテーブルを迂回して昴流の側にやってきた。

「姉にも結婚させません」

瑛人は一同を見まわして言ってから、昴流に微笑みかける。ほっとして眉間の皺を解いたとき、瑛人が昴流の手を取り、椅子から立ちあがらせた。

童話に出てくる王子さまがお姫さまにするような所作だ。丁寧すぎる扱いに戸惑っていると、いたって自然な仕草で腰を抱かれて面食らう。肩を抱くならまだしも、腰はおかしすぎる。なんだこれと腰にまわった瑛人の手を見おろしていると、うなじのほうからありえない言葉が聞こえた。

「俺たち、付き合っているんです」

瞬間、がばっと勢いよく顔を上げて瑛人を見る。

「ちょ、おま、なな何言っ――」

うろたえすぎて下顎が震えるという経験を初めてした。

昴流がおどろくくらいなのだから、双方の親が食らった衝撃も相当なものだったにちがいない。二人の父親が「ど、どういうことだ!」と揃って椅子から立ちあがる。ガタッと大きくテーブルが揺れた。

「すみません、いままで隠していて。だけどいい機会なのでカミングアウトさせてください。俺は宮野昴流さんのことが好きなんです。底抜けに明るくて、誰に対しても分け隔(わへだ)てなく接するところに惹かれています。交際も結婚も、昴流さん以外は考えられません。恋人同士なんです、俺たち」

瑛人は信じられないことをつらつらと口にすると、昴流のほうに顔を向け、「――な?」と笑いかけてくる。

「な?　ってお前……」

んなわけあるかーっ！　と叫びかけた口を手のひらで塞がれた。同時に瑛人が素早く昴流の耳に唇を寄せてくる。

「俺らが付き合ってることにすればいいんだよ。いくらなんでもゲイカップルの片方に娘を嫁がせようとする親なんていないって。名案だろ？」

「――――！」

名案どころか、戦国武将もびっくりの奇策の域だ。

そこまで捨て身になれるかーっと叫ぶも、声は瑛人の手のひらに吸い込まれてしまう。憤怒の形相で瑛人を睨んだのも束の間、いや待てよと思考を巡らせる。

瑛人の言うとおり、同性と付き合っている男に娘を嫁がせたいと思う親はまずいない。親の都合で用意された縁談を白紙にするには、確かに有効な手立てだ。この方法をとれば、瑛人にも昴流にも二度と縁談なんて来ないだろうし、当然早苗が瑛人と結婚することもない。唯一の難点は、失うものがあまりにも大きいことだ。

昴流が及び腰なのを察したのか、瑛人がなおもささやく。

「どうするんだよ。俺と早苗ちゃんが結婚してもいいのか？　早苗ちゃん、まんざらでもなさそうじゃないか。昴流はうちの姉貴にすでに振られてるようなもんだから、結婚するんなら俺と早苗ちゃんになるぞ？」

「うんんっ……！」

冗談じゃない。先ほど見たMISAKIのチャペルを背景に、うれしそうに頬を染めて微笑む二人――タキシード姿の瑛人とウェディングドレス姿の早苗が脳裏に浮かび、ちんけな迷いが吹き飛んだ。

派閥を意識する祖父と父から「美崎家の人間とは付き合うな！」と制限されることも理不尽に感じていたのに、家と家とが仲直りした途端、「派閥を黙らせるために子ども同士を結婚させよう」と考えることも、同じくらい理不尽で納得がいかない。

（よし、乗った！）

猛った感情のままうなずき、口を覆っている瑛人の手をかなぐり捨てる。

「おおお、俺もっ……好き！　大好きなんです、瑛人さんのことがっ」

一蓮托生。毒を食らわば皿まで。がしっと瑛人の腰を抱き、広間中に聞こえるだろう声で言ってやる。

「愛し合ってるんです、俺たち。そこらのカップルがどん引きするくらい、ラブラブでっ！」

昴流のほうも認めたことで広間が大きくどよめいた。

まさに捨て身の攻防だ。今日より先のことはもはや考えたくもない。ゼェハァと肩で息をして汗を拭っていると、瑛人が言った。

「分かっていただけましたか？　俺たちは離れられないんです。花降る町の発展のために宮野家と美崎家の縁組みが必要だと仰るのなら、俺が昴流さんと結婚します。いえ、結婚させてください」

——おいおい、そこまで言う⁉

まさか一日に二度も奇策に弄されてしまうとは。一度目もかなりの破壊力を持った策だったが、二度目は桁ちがいに凄まじい。口をあんぐり開けて真横の端整な顔を見上げると、瑛人に体勢を変えられた。今度は両腕を背中にまわされ、向き合う形だ。

(お前さぁ、頼むから後先考えて言ってくれよぉ……)

ほとんど涙目の昴流とは裏腹に、瑛人は真剣な表情だ。鳶色の眸は微塵も揺らぐことなく昴流にそそがれている。

「昴流。好きだよ。ずっとずっと、俺は昴流が好きだった。結婚しよう」

「う……」

「不安に思わなくていい。そのままの昴流でいいんだ。俺が全力で昴流を守るし、いつだって支えてみせる。俺の気持ちが信じられないなら、毎晩想いを言葉にするよ。だから……な?」

面と向かって言われてしまうと、空耳だと思い込むのは難しい。瑛人だけでない、広間にいる全員が息をつめ、昴流の返事を待っている。

昴流の人生が引っくり返ったという意味なら、まさに今日は記念日だ。

誰が毎年シャンパンを買って祝ったりなどするものか。「くっそう……」と小声で吐き捨て、眸に滲んだもの——うれし涙では決してない——をごまかすため、束の間天井を仰ぐ。

分かっている。このプロポーズは、不本意な縁談を白紙にするためのとどめの一撃だ。放ったのは瑛人でも、昴流の加勢がなければ、敵方を木端微塵に撃破することはできない。

(さようなら、俺の未来のお嫁さん……さようなら、俺のかわいい松花堂弁当)

ふぅと静かに息を吐き、眉間に力を込める。

「よし、瑛人。夫婦になろう。俺がそこそこ幸せにしてやる」

昴流が言った瞬間、瑛人が大きく目を瞠る。

もしや返事をまちがえたかと焦ったが、単におどろいただけらしい。昴流を見つめる双眸がじょじょにやわらかくなり、最後は細い弓形になる。

(あ、れ?)

瑛人は中高ともにテニス部だったはずだが、昴流の知らないところで演劇部に出入りでもしていたのだろうか。本当に意中の相手からイエスの返事をもらったかのような笑顔に見入っていると、笑ったままの唇が昴流に近づいてくる。

うん? と思ったときには、額に唇を押し当てられていた。

「ありがとう、昴流。幸せになろうな」

「……殴るぞ、おい……」

——予想したとおり、とどめの一撃の威力は凄まじいものだった。

両家の父親は口から沫を飛ばしながら「許さんぞ！」と拳を振り立て、母親二人は「あら、まあ」と目を丸くする。杏子は呆れたように肩を竦めていたが、早苗は「お兄ちゃんが瑛人さんと結婚したいからあんなに反対してたのねっ」と昴流に摑みかかってきて——。

両家の顔合わせは収拾のつかないまま、お開きとなった。


「おい、昴流！　きちんと説明しろ。これはいったいどういうことなんだ！」

怒り心頭の父に詰問され、うんざりした顔でハンドルを握る。

こんな結末になるとは思ってもいなかったので、車の助手席には父を、後部座席には母と早苗を乗せてＭＩＳＡＫＩに行ったのだ。当然帰りの車中もこのメンバーで、逃げ場がない。早苗は泣きべそをかいて「お兄ちゃんのばか！」「最低！」「信じらんない！」と喚き、母がその肩をぽんぽんと叩きながら、「しょうがないでしょ」と窘めている。

「説明も何も、瑛人が言ったとおりだよ」

仕方なく答えると、「いつからだ」「どうして隠していた」「お前はみやのの跡継ぎだって自覚はあるのか」と父が矢継ぎ早に訊いてくる。

「い、いつからとかいちいち覚えてねえし、オープンになんかするわけねえだろ。俺と瑛人は昔っから仲がいいんだ。んなこと、俺らと同じ学年のやつらはみんな知ってるよっ」

「なんだと⁉」

目を剝く父の後ろで、「私は知ってたわよ」と母がさらりと言う。

「保護者会や地区会で会うお母さん方が教えてくださるもの。瑛人くんとは町の外で会っていたんでしょ？　交際してたことまでは知らなかったけれど」

「お、お前、どうしてそういうことを俺に――」

「あなたに言ったら、父といっしょになって昴流を叱るじゃない。何がいけないの、遊びたい友達と遊んで」

母が知っていたのは予想外だったが、夫婦間の言い争いに発展したのはラッキーだった。いまがチャンスとばかりにアクセルを踏み、自宅のガレージに頭から突っ込んだところで、車の外にバッと飛びだす。

「くだらねえ縁談なんか持ってくるから、こういうことになるんだ。俺も瑛人も、誰とも結婚しねえからな！」

捨て科白を吐いてから、運動会以来の本気のダッシュで逃げだす。

「おいこら、待たんかーっ」と追いかけてきた父を撒き、辿り着いたのは商店街の一角、寄り合いなどで使うコミュニティーハウスだ。一階部分は開放仕様の休憩スペースになっていて、椅子とテーブルが置かれている。

昴流は誰もいないことを確かめると、すぐに瑛人に電話をかけた。幸い、あっさり繋がり、『もしもし？』と馴染みのある声が耳たぶに触れる。

「お、お前なあ、あれのどこが名案なんだよっ。何考えてんだ、ばかっ！」

『何って、不本意な縁談を阻止することしか考えてないけど？』

「だからってあれはないだろ！　どうすりゃいいんだよ、これからっ」

まさにお先真っ暗というやつだ。勢いのまま、瑛人の奇策に相乗りしたものの、今日以降の身の振り方がさっぱり分からない。

切羽つまった声で訴える昴流とは裏腹に、瑛人はあははと笑っている。

『どうすりゃいいって、俺と付き合ってることにすればいいだろが』

「簡単に言うなよっ。だって瑛人、プロポーズしてきたじゃねえか。俺、それを受けちまったんだぞ⁉　これ、ただのカップルじゃなくて新婚夫婦じゃん！」

『だったら昴流は縁談が再浮上するほうがいいのか？　俺はそっちのほうが嫌だけどな』

途端に苦々しさがせり上がり、「う……」と呻いて黙り込む。

長年の派閥間の争いを、子ども同士の結婚で収束させようと考える浅薄さには腹が立つ。だがそれ以上に腹が立つのは、瑛人の結婚相手として早苗の名前が挙がっていることだ。

いや、早苗以外でも同じだろう。なぜか分からない。瑛人が誰かの夫になることを想像すると、うわあぁーっと叫んで暴れだしたくなるのだ。瑛人に彼女ができるたびに味わってきた感情と似ている。親友である自分より、瑛人に大切な存在ができてしまうことが嫌なのかもしれない。瑛人に打ち明けると引かれてしまいそうで、とても言えないが。

いさ』

『昴流？　——昴流、聞いてる？』

「あ、うん。聞いてる」

『同性じゃ、籍まで入れられないんだ。親と周りが信じるまで、新婚夫婦を演じりゃいいだろ。俺と昴流がボロを出さない限り、親父たちは俺たちのどちらかに娘を嫁がせようなんて思わないさ』

瑛人の言うとおりかもしれない。だからといって、同性の親友と新婚夫婦を演じることにも抵抗がある。渋い顔で唸っていると、『大丈夫だって。昴流はそのままでも十分嫁っぽいんだから』と、聞き捨てならない言葉が聞こえてきた。

「ちょ……瑛人いまなんつった？　誰が嫁っぽいって？」

『昴流でしょ。俺より小柄だし、恋愛だってしたことがないんだろ？　まんま、かわいい嫁じゃねーか。俺、そういう意味でプロポーズのときに、そのままの昴流でいいって言ったんだ』

「おおお、お前……」

四捨五入しても一七〇センチに届かない身長と、恋愛未経験。気にしていることを正面切って二つも指摘してきただけでなく、プロポーズのときから旦那役のつもりだったとは。怒りに震える手でスマホを握りしめていると、背後からいきなり父の声がした。

「こんなところにいやがったのか。おい昴流、まだ話は終わってねえぞ」

「————！」

ばかな息子を捜して商店街一帯を走りまわっていたのかもしれない。父は髪を乱し、荒い息をついている。

「お前、本当に瑛人くんと付き合ってるのか?」

「つ、付き合ってるよ。瑛人だってそう言ってただろ」

「本当に、本当に心の底から瑛人くんと結婚したいのか?」

あまりにもストレートに訊かれたせいで、返事につまってしまった。

だがここでごまかすようなことを答えたら、不本意で理不尽な縁談が再浮上するかもしれない。瑛人と早苗がにこやかに挙式する様子を想像し、ボルテージを上げる。

「ああ。俺は瑛人と結婚したいよ。心の底から結婚したい。しょうがねえだろ、好きになっちまったんだから。俺らは男同士でも、超超ラブラブのカッ――」

最後まで言う前に、父の放った拳が昴流の頬にめり込んだ。

＊＊＊＊

父と殴り合いの喧嘩をしたのは、小学生のとき以来かもしれない。近隣の商店の人たちが止めてくれなければ、昴流も父もみやののフロントに立てないほど、顔を腫れあがらせていたことだろう。「いい加減にしてください。昴流には昴流の人生があるのよ」と母に諭されたせいか、父はすっかり大人しくなり、なんとか丸く収まったと昴流は思っていたのだが――。

どうも父は隠れて瑛人の父親に会い、息子たちの交際を信じたくない者同士でこの一ヵ月、何度も話し合っていたらしい。

その結果、

「あくまで交際していると言い張るのなら、新婚生活をさせてやる。花降る町初の同性婚の夫婦として、ここで二人、暮らしてみせろ」

と、新居を用意してきたのだ。

格安で売りに出されていたという別荘地の一角にあるログハウスだ。リノベーション済みの平屋建てで、前庭とウッドテラスがついている。ウッドテラスの柱と格子の屋根には付近で自生する藤のつるが絡みつき、ちょっとした藤棚のようだ。

ただし、周りは山林で何もない。夏になれば藪蚊が出るだろうし、蝉もかしましく鳴くだろう。もしかして、熊やイノシシも出るかもしれない。さすがに気が進まず、「家具とかキッチン用具とか買う時間がないしなぁ」と逃げ腰でいたところ、「これなら文句ないだろ」と父親二人が勝手に家財道具一式を揃えてしまったので、笑顔で引っ越しするしかなくなった。

おそらくどちらの父親も、昴流と瑛人が不便な場所での生活に音を上げて、「すみません、何もかもうそでした」と白状し、実家に戻ってくることを期待しているにちがいない。息子を家から追いだしたいだけならば、「出ていけ！」と言えば済むのだから。

「なんで父親ってのは、ああも疑り深いんだろうな」

「疑ってるっていうよりも、俺らが付き合ってることを信じたくないんだろ」

父親二人の行動力には舌を巻いたものの、散々揉めたおかげで、瑛人と早苗、昴流と杏子の縁談は白紙になったので、よしとするしかない。本当の新婚夫婦なら、実家を出て二人暮らしを始めるのも自然な展開だ。だからといってテンションが上がるはずもなく、どんよりとした目で新婚生活の拠点——ログハウスのなかを見てまわる。

「昴流。どうする？　ダブルベッドだぞ」

「…………」

昴流としては、ひとつきりのベッドをどう使うかよりも、これからどう生きていくかに思考を割きたいところだ。町内ではみやのの息子とMISAKIの息子は付き合っているらしいとの噂がじょじょに広まりつつあると聞いている。当然だろう、昴流と瑛人はMISAKIのスタッフもいる場所で、交際宣言と結婚の約束をしたのだ。

「とりあえず荷ほどきしようか。明日からはお互い仕事なんだし」

瑛人はログハウスのなかをひと通り見てまわると、段ボール箱の積み重なった一角へ向かう。仕方なく昴流もあとに続き、みやのの名前の入った段ボール箱を抱えてリビングに戻ったが、こぼれるのはため息ばかりだ。まったくと言っていいほど、荷ほどきが進まない。

「なあ、瑛人。瑛人は本当にこれでいいわけ？　かわいい女の子ならともかく、俺と新婚さんごっこをするんだよ？　それもこんな山のなかで」

「それが何。俺は全然問題ないけどな」

　あっさり返ってきた言葉におどろき、「えっ、なんで」と目を丸くする。

「なんでって、昴流と会うためにわざわざすみれまで行かなくていいし、電話だって隠れてしなくていい。形はどうであれ、親公認の仲になったってことじゃないか。俺はこっちのほうが断然いいよ」

　手を止めて昴流を見た瑛人は、いたってふつうの顔をしている。

　交際宣言と公開プロポーズ。あの日に得たものと捨てたものを比べれば、昴流は捨てたもののほうがじゃっかん多い気がしないでもないのだが、瑛人にとっては得たもののほうが多いということなのだろうか。そうでなければ、いまのような科白（セリフ）は言えない。

（そっか。瑛人と二人暮らしって考えたらいいのか）

　おかげで気持ちが少し浮上した。小学生の頃から大人の目を避けて町外で会っていたことを思えば、家を出て二人で暮らすことになったのは、大きな一歩だろう。瑛人がまったく嫌がっていないのも悪い気がしない。

　先ほどとは打って変わり、笑顔で荷ほどきをしていると、瑛人が「あっ」と呟いた。

「忘れてた。姉貴から結婚祝いをもらってたんだ」

「えー、いらないよ。ほんとは結婚なんかしてないのに」

顔をしかめると、瑛人が「あのなぁ」と呆れたように息を吐く。

「そういうことをポロッと言ってたら、俺らがただの友達同士ってことがバレちまうだろ？　縁談を白紙にしたくて渾身のはったりをかましたのに、意味がなくなるじゃないか。俺らは新婚夫婦。しっかりしてくれよ」

そうだった。二人暮らしは二人暮らしでも、表向きは新婚さんなのだ。慌てて口角を持ちあげ、「わー、お祝いだぁ、うれしいな」と言ってみる。「演技が下手にもほどがある」と瑛人にげんなりした顔をされてしまったが。

「あったあった、これだ」

瑛人が段ボール箱から取りだしたのは、セロファンとリボンでラッピングされた籠だった。ブーゲンビリアの造花といっしょに細長い箱が二つ収まっている。

「何。化粧品？」

「ちがうだろ。昴流の使えるものにしてくれってリクエストしたから」

「あ、じゃあ俺にってこと？」

「そう、昴流に。開けてみなよ」

瑛人は昴流に籠を手渡すと、自分はハンガーに通したスーツをとなりの部屋に運び始める。

杏子はＭＩＳＡＫＩでブライダル部門のマネージャーをしていると聞いている。あの愛想なしの杏子がまさか昴流のためにギフトを選んでくれたとは。へえと思いながらラッピングを解き、それぞれの箱を開けてみる。

（ん？　やっぱり化粧品じゃん）

ひとつはピンク色のつぶつぶの入ったクリームで、ひとつはやたらとヌルヌルするジェルだった。どちらも凝ったデザインの瓶に入っている。けれど、使用方法らしき注意書きの文面はフランス語で、どこにどう塗るものなのか分からない。結局「瑛人ー」と声を張りあげる。

「化粧品だったよ。フランス製っぽい」

「まじで？　じゃ、メンズ用のパックかな。俺も姉貴が仕入れてるブランドのパックを使ってるんだけど、結構いいよ」

「あ、そうなんだ」

残念ながら、昴流は美容に気を配る系の男子ではない。ひとまず外箱に戻したものの、持っていれば使うこともあるかもしれないと思い直し、洗面所へ持っていく。

鏡の横の棚に仲よく並べると、少し興味が湧いてきた。二つの瓶を見比べてから、ピンク色のつぶつぶの入ったクリームのほうをちょんと鼻の頭にのせてみる。さすが海外製とあって、香りは強めのストロベリーだ。血行促進の効果でもあるのか、ぽかぽかして気持ちいい。

（ふぅん、こんな感じか。悪くないな）

調子に乗って頬にもクリームを塗っていると、瑛人が洗面所にやってきた。

「何。さっそく使ってんの？」

「ちょっと試しにね。瑛人ってフランス語読めるよな?」

と、クリームの外箱を渡す。

瑛人は訝(いぶか)しげな表情で注意書きを読んでいたが、しばらくするとプッと噴きだした。「なるほどな」と呟き、今度はジェルの外箱を手に取る。こちらでもやはり噴きだした。

「んで笑うんだよ。感じ悪いなぁ」

「ごめんごめん。うちの姉貴のチョイスは最高だなと思って。まちがいなく昴流用だよ」

「なんで俺限定?　メンズ用なら瑛人だって使えるだろ」

「んー、俺は遠慮しておく。それ、お尻の孔(あな)に塗るやつだから。ちなみにどっちもそう」

ぱちぱちとまばたきをしてから、「はあ?」と顔をしかめる。

「意味分かんねえよ。尻の孔なんかすべすべにしてどうすんだ。新手の健康法かよ」

「あー、すべすべっつうか、ゆるゆる、みたいな?」

「ゆるゆる?」

「……って感じにしなきゃ、何もできないだろ」

「ああ?」

眉間(みけん)の皺(しわ)もそのままに、まじまじと瑛人を見てようやく理解する。これは顔用のパックではなく、男同士で性行為に及ぶ際に使うものなのだと。そんなものを鼻の頭と頬にのせ、きょとんとした顔で立っている自分はいったい何なのか。一瞬で顔面から火を噴いた。いまだ笑っている瑛人を突き飛ばし、大急ぎで顔を洗う。

「もしかして使うことになるかもしれないから、これは寝室に置いておこう」

「使うわけねえだろ、ばかっ！」

姉が姉なら弟も弟だ。その上、引っ越したばかりで洗面所にタオルがない。本当に二つの瓶を持って寝室に向かう背中に「タオル、タオル！」と叫ぶ。ほどなくして瑛人が持ってきたタオルを奪いとり、力を込めて顔を拭く。

「ったく。なんなんだ、お前らきょうだいは。二人して俺をコケにして」

「コケになんかしてねーよ。男同士のカップルならふつうに使うものだろ」

「知らないよ。女の子とだって付き合ったことないのに」

ぶつくさ言いつつリビングに戻り、荷ほどきを再開させる。だが顔からストロベリーの香りがぷんと漂ってきて落ち着かない。もしかして瑛人にもこの匂いが届いているかもしれないと思うと、いたたまれなくなってきた。くそくそくそと胸のなかで呟きながら立ちあがり、ウッドテラスへ出る。

（あ……）

降りそそぐ淡い紫色の花房を見て、ここに藤があったことを思いだした。床に散らばる枯れ葉を適当に払って腰を下ろし、一服の清涼剤のような花を見上げる。

しばらくして、瑛人もテラスにやってきた。「へえ、きれいだな」と感嘆の声を洩らしてから、昴流のとなりに腰を下ろしてくる。肩と肩とが触れ合うほどの距離なのだから、瑛人の視線が藤の花にではなく自分に向けられていることくらいは分かる。

「何」

「いや、ボロが出るなら昴流のほうからだろうなと思ってさ。潤滑剤を贈られたくらいでわたわたするなよ」

「……するよ、わたわた」

免疫がないのだからしようがない。むくれた顔で答えて、Tシャツの肩口で顔を拭う。まだストロベリーの香りがする。

「昴流。俺らは試されてるんだよ。本当に誓い合ったカップルなのかどうか」

「分かってるよ。実家を追いだされたのも、結局はそういうことだろ」

「だったら言ってみな。俺が好きだって」

「は？　なんで」

「練習だよ。ボロを出さないための」

気が進まなかったが、瑛人の言うとおり、ボロを出すならまちがいなく昴流のほうからだろう。縁談を再浮上させないためには、瑛人と新婚夫婦を演じるしかないと頭では分かっているのに、いまだ気持ちがぐらぐらしているくらいなのだ。仕方なく真面目な顔を作り、「瑛人が好きだ」と言ってみる。

「棒読みじゃん。芝居にもなってないよ」

「瑛人がぁー、好きでーす」

「まるでだめ。全然キュンとしない」

「だったら瑛人がお手本見せてよ」

ぷいっと顔を背けると、瑛人が手を伸ばし、昴流の下顎に触れてきた。

やんわりと顔の位置を戻され、間近なところで視線が交わる。瑛人はにこりともしていない。

「好きだよ、昴流。言いたくてもなかなか言えなかったんだ。告白とプロポーズ、いっしょくたにしてごめんな。おどろいただろ？」

「え、あ……」

「俺は昴流が側にいるだけで幸せになれるから。言葉じゃもう伝えられない。大好きなんだ、本当に」

これはもしかして、お手本に乗じた告白なのだろうか。そういえば顔合わせの席でプロポーズしてきたときも、瑛人はいまと同じ、真剣な表情をしていた。

風が吹き、藤の花房が揺れる。止んではまた聞こえるせせらぎのようなその音で、時間が止まっていないことを知る。それほどじっと、昴流は瑛人の眸に映る自分の顔を見ていたのだ。

大事な友達なのだから、誠意のある返事をしなければ——。

「瑛人、その……ごめん。俺、瑛人のこと、そんなふうに考えたことがなくて……あっ、でも、

友達のなかでは瑛人がいちばん好きで……」

つっかえつっかえ、気持ちを声にしているときだった。瑛人が盛大に噴きだし、腹を抱えて笑い始める。その瞬間に悟った。やはりただのお手本だったのだと。

「てんめえ、何笑ってんだよっ」

「や、だって昴流、答えようとするから。つうか、お手本見せろって言ったの、昴流のほうだろ？　なんでその流れで勘ちがいするわけ？」

「かかか、勘ちがいだと!?　お、俺はなあっ、お前があんまりくそ真面目な顔をするから、乗ってやっただけだ！」

「うそつけ。本気にしたくせに」

「んだとぉ！」

今度ばかりは心底腹が立った。いまだに笑っている瑛人をテラスの床に押し倒し、馬乗りになって両脇腹の肉を鷲摑みにしてやる。——つもりが、思った以上に引き締まった体だったので、摑める肉がない。仕方なく手当たり次第に瑛人の体をくすぐる。

「ちょ、よせって。ここまだ掃除してない……！」

「埃まみれになっときゃいいんだ、瑛人のばかやろうっ」

「悪かったよ、俺が悪かった。……やべー、笑いすぎて涙出る」

瑛人は必死になって昴流の手から逃げながら、本当に目尻に涙を浮かべて笑っている。笑い転げるとはまさにこのことだろう。だからといって瑛人がやられっ放しのままでいるはずがなく、途中から反撃してきたので、昴流もテラスの床の上を転げまわり、埃まみれになった。

「どうする？　新婚さんなんだから、とりあえずいっしょにシャワーでも浴びよっか」

「あーほーかーっ」

　からかわれた怒りはなかなか消えず、結局昼食も夕食も瑛人におごらせた。荷ほどきもしっかり手伝わせたし、ダブルベッドを昴流ひとりで使うことも了承させた。「参ったな。俺の嫁は相当わがままらしい」と瑛人は笑っていたので、まるで懲りていないのかもしれない。


　毎朝、昴流は五時に起床する。

　小学生の頃から使っている年季の入った目覚まし時計とアラームをセットしたスマホを枕元に置き、芋虫のように丸まって眠るのは、実家で暮らしていたときと変わらない。変わったのは、ベッドが広すぎるということと、軽やかに包丁を使う音で目覚めたことだ。

（あれ？　瑛人、もう起きてんのかな）

　寝惚けまなこを擦りながら、スマホを引き寄せる。――四時五十分。

　いままでならひしと布団を掴み、十分間の惰眠を貪るところだが、絶えず聞こえる包丁の音に興味を覚えた。おもむろに起きあがり、寝癖まみれの頭を掻きながらキッチンに向かう。

「あ、昴流。おはよう。そろそろ起こそうと思ってたんだ」

「……おはよ」

やはり瑛人だ。普段着のシャツにデニム地のエプロンを巻きつけ、キッチンでオレンジを切り分けている。

瑛人と同居を始めたのだから、自分以外の誰かがキッチンを使っているとしたら、瑛人しかいない。そこに疑問はないものの、八時に出勤すると言っていた瑛人が、朝の五時前からキッチンに立っていることが謎すぎる。

「何やってんの。朝っぱらから」

「朝メシ作ってんだよ。俺と昴流の分」

瑛人が笑いながらフライパンの蓋(ふた)を開けてみせる。途端に食欲をそそる香りが辺りに広がった。マッシュルームの入ったリゾットだ。仕上げにチーズとドライパセリを散らせば完成らしい。昴流が顔を洗ってダイニングテーブルにつく頃には、クラッカーの添えられたかぼちゃのマッシュサラダとカットフルーツも加わり、ますます目を丸くする。

「す、すげー。瑛人、ごはん作れるんだ」

「一応な。大学時代は自炊してたし」

言われて初めて思いだす。瑛人は都会の大学に進学したので、大学時代の四年間は花降る町を離れていたのだ。けれど、料理の腕はそれよりもっと前——ホテル経営の両親を助け、姉の杏子と中高生の頃から交代でキッチンに立つことで、磨かれていたらしい。

　一方、宮野家では、日に三度の食事はほとんど板場任せだ。子どもの頃から腹が減ったときは板場に行き、「お腹減ったー」と言えば、その場にいる誰かが手早く食事を作ってくれるので、昴流は学校の調理実習以外で包丁を握ったことがない。リゾットを頬張りながらそんな話をすると、「とんだ箱入りだな」と瑛人に大笑いされてしまった。

「ま、昴流は何もしなくていいよ。毎日の食事は極力俺が作るから」

「えっ、晩ごはんも？」

「家で食べるほうが落ち着くだろ。ああそうだ、昴流が出勤したら洗濯機をまわそうと思ってるんだ。洗ってほしいものがあったら出しといて」

「ちょ、洗濯までしてくれんの？」

「するよ。洗濯も他の家事も、もちろん仕事も」

　瑛人はあっさり宣言したかと思うと、ニッと唇を横に引く。

「昴流にプロポーズしたとき、そのままの昴流でいいって言っただろ？　だから新婚さんごっこで増えた家事のあれこれは、俺が全部引き受ける。スパダリ目指してんだ、俺」

「スパダリ？」

　スーパーダーリンを略してスパダリというようだ。単にハイスペックなだけでなく家事もさらりとこなし、嫁のことをこよなく愛する夫、という意味なのだとか。スーパーはともかく、ダーリンはどうなんだ、スパ友じゃだめなのかと思いはしたものの、毎日瑛人のおいしい手料理が食べられて、家事も任せて構わないのなら、これほど恵まれた生活はない。

（案外この新婚さんごっこは悪くない、かもだぞ？）

きれいに朝食を平らげた昴流は、いつものようにワイシャツの上に法被を羽織り、実家であり仕事場でもあるみやのに向かったのだが――。

（居心地が……悪すぎる……！）

六年も若旦那として家業に従事しているのだから、旅館の空気が変わったことくらい、昴流にも分かる。ふとした瞬間に向けられる、好奇の眼差し。おそらく昨日の引っ越しがあらたな憶測を呼んでしまったのだろう。

（きょ、今日のところはそうだな、素知らぬ顔でいよう）

当の本人がだんまりを貫いていれば、『噂』は『噂』以上のものになりようがない。そう考え、ひとまず無駄にあがくことを選択した昴流だが、父が従業員たちを集めて緊急の朝会を開いたせいで、あがくこともできなくなった。

「えー、本日は従業員の皆さんに重大なお知らせがあります」

父は嫌な予感のぷんぷんする前置きをしたのち、昴流と瑛人の『結婚』と『新居への引っ越し』を公にしたのだ。

「えっ！　若旦那さまがＭＩＳＡＫＩの坊ちゃまと⁉」

「ええ。学生時代から逢引きを重ね、秘密裡に交際していたそうです。なあ、昴流」

交際はともかく、隠れて会っていたのは本当なので、肩をすぼめて下を向く。認めたも同然の昴流の仕草に、従業員たちから驚愕の声が上がる。古くからいる仲居はよほどショックだったのか、ハンカチを握りしめ、すすり泣いていた。

(くそう、俺を追いつめやがって……!)

ぎりっと歯軋りしたものの、『結婚』と『新居への引っ越し』は真実なのでどうしようもない。朝会を終えると父はわざわざ昴流のもとにやってきて、にやりと口許を歪めてみせる。

「どうする、昴流。売り言葉に買い言葉、親子喧嘩の果てに家を出た、ということにしておいてやろうか？　いまならかろうじて間に合うぞ。山のなかで暮らすのは何かと不便だろう。意地を張るのはやめたらどうだ」

勝ち誇ったような表情をされ、昴流の負けず嫌いな心が刺激された。

「山のなかとか関係ないし。瑛人と暮らせるんならどこだって天国だよ。俺も瑛人もめっちゃ楽しく新婚生活を始めたとこなんで、ご心配なくー」

と、下唇を突きだして言ってやる。

「お、お前、本当にこれでいいのか？」

「父さんもしつこいな。いいに決まってんだろ。じゃなきゃ、交際宣言なんかするもんか」

あきらかにショックを受けている父の顔を見て溜飲が下がったのも束の間、結局は自分の言葉でさらに自分を追いつめただけの愚挙でしかない。内心落ち込みながらフロント業務を終えて板場に向かうと、板前の亮治郎からにこやかな笑顔を向けられた。

「坊ちゃん、ご結婚おめでとうございます。しかし、おどろきました。まさか坊ちゃんのお相手が殿方で、それもMISAKIの専務さんとはねえ」

「ち、ちがうんだ、亮さん。これにはいろいろ訳があって……！」

子どもの頃から食事の面倒を見てくれた亮治郎には誤解されたくない。昴流は慌てて両手を振ったが、かかっと笑った亮治郎に一蹴された。

「訳などありゃしませんでしょうが。授かり婚でもあるまいし。照れるのもほどほどにしておかねえと、向こうさんに失礼ですぜ。誰になんと言われようと、俺が添い遂げたいのはこの人なんだと胸を張ってりゃいいんです」

亮治郎は自分の言葉に深くうなずいてみせると、賄いには到底見えない朱塗りの膳を昴流に差しだす。

「結婚はゴールではなくスタート。この亮治郎に坊ちゃんの門出を祝わせてください。ほんの気持ちです」

「…………」

紅白のなますを始めとした祝い肴と、刺身の盛り合わせ、赤飯や海老の天ぷら、ハマグリの椀物もある。いままで受けとった賄いのなかでいちばん豪華かもしれない。が、手放しで喜べないのが正直なところだ。

「ありがとう……いただきます……」

いったい自分はどうすればいいのか。本当にこれでよかったのか。軒下(のきした)の縁台(えんだい)に腰をかけ、ちまちまと赤飯を口にしながら、いまさら考えてもしようがないことを考える。

(人生詰(つ)んだのは確かだな。ま、自業自得だけど)

これからは目立たず騒がず、縮(ちぢ)こまって生きていくしかなさそうだ。遠い目をしてハマグリのすまし汁をすすっていると、若い仲居の声で「若旦那ー」と呼ぶ声がした。

縁台から立ちあがり、「ここだよ」と顔を覗かせる。

「ああ、若旦那。こちらだったんですね。まどか堂さんが先ほど納品に来られまして、若旦那と少しお話がしたいそうです」

まどか堂というのは、出入りの和菓子屋の名前だ。配達は主に息子の智樹(ともき)が担当している。智樹は昴流の小中学校時代の同級生で、互いにサッカー部でポジション争いをした仲でもある。会えば話をするものの、仕事中の昴流を呼びだすのはめずらしい。

庭の園路を通って表へ出ると、智樹は駐車場の端に停めたバンの横で昴流を待っていた。昴流の姿を視界に捉(とら)えると、決まりが悪そうにうなじに手をやる。

「悪いな、昴流。仕事中なのに」

「ううん、全然。ちょうど賄い食べてたところだから。てか、何」

「いや何って、美崎(みさき)と昴流が夫婦になったっぽいって話を聞いたから——」

やっぱりなと思い、顔をしかめる。

だが智樹は、大げさにおどろくこともしなければ、呆れることもしなかった。かわりに周囲を気にするように視線を走らせ、「あれってポーズだよな？」とひそめた声で訊いてくる。

「ポーズ？」

「ポーズっていうか、アピールってやつ？　みやのとＭＩＳＡＫＩは仲直りしました、みたいな。俺たちが子どもの頃からずっと、みやのとＭＩＳＡＫＩは仲が悪かったんだし」

同性の瑛人と結婚と聞いてどん引かれることは想定していたが、裏を読まれることは想定していなかった。思えば智樹は、子ども時代の昴流と瑛人が苦労して町外で会っていたことを知っている。昴流にとって、瑛人よりも長い付き合いの友人だ。

「いまだから言うけど、うち、ＭＩＳＡＫＩから仕事を依頼されたことがあるんだ。結婚式の引き出物用のお菓子。でも昴流んとこのじいちゃんが生きてた頃だったから、受けることができなくて。うちなんかほんと小さな店なのに、仕事を選んでたらやっていけねーよ。だからって昴流のじいちゃんを怒らせてもやっていけないし。だから二人は、そういうどうしようもない軋轢(あつれき)みたいなもんを町からなくすつもりで、一肌脱ごうとしてんのかなって思って。だって昴流と美崎、昔っから超仲よかったじゃん」

智樹の言葉を聞きながら、ふつふつと全身に鳥肌が立っていくのを感じた。

そもそも宮野家と美崎家との間に縁談が持ちあがったのは、いまさら両家が手を取り合うことに反発する派閥間の緩衝を図るためだったはずだ。ただ、その縁談が瑛人と早苗、もしくは昴流と杏子というカップリングだったため、「それなら俺が昴流さんと結婚します」と瑛人が宣言し、昴流もそれを受けて、瑛人と『夫婦』になった——。

居心地が悪いだの、人生詰んだだの、目先のことにとらわれて鬱々としている場合ではない。これは捨て身になって摑んだチャンスだ。花降る町をひとつにするための。

「そう！　そうなんだよ、智樹！」

満ち溢れた思いのまま、がしっと智樹の肩を抱く。

「ありがとう、智樹。目が覚めた。いまどき、派閥とか古いしダサいよな。俺、みんなが生き生き暮らせる町にしてみせるから」

「おおー、やっぱ昴流だ。昴流らしい」

結婚はゴールではなく、スタート。亮治郎もそう言っていたではないか。

誰が縮こまって生きていくものか。好運なことに、昴流は町いちばんの老舗の宿、みやのの跡取り息子だ。昴流でなければできないことはきっとある。

「あ、言っとくけど、俺と瑛人はラブラブだから」

事を始める前にボロを出してしまっては意味がない。念のために言い添えると、智樹は冗談だと思ったのか、腹を抱えて笑う。

「そうだ、昴流。これ、結婚祝い。たいしたもんじゃないんだけど」

智樹が言いながらバンの助手席から菓子箱を取りだし、昴流に差しだす。

みやのに戻って開けてみると、中身はまどか堂のカステラだった。急いで焼いたものなのか、まだあたたかい。

これはエールだ。目で見える形で送られたエール。

紅白の熨斗紙にはしっかりと、まどか堂の主である智樹の父親と跡取り息子である智樹の名が連名で記されていた。

＊＊＊＊

まどか堂から贈られたカステラのおかげで、昴流の迷いは完全に吹っ切れた。

町から派閥をなくしたいと願っている住民は、智樹と智樹の父親の他にも大勢いるだろう。

瑛人はもともと新婚さんごっこに抵抗がなかったのだ。「町から派閥をなくすために俺らが動こうよ」と提案すると、二つ返事で乗ってくれた。

幸い、瑛人とは帰る家が同じなので、話し合う時間はたっぷりある。

まずは二人一組で動いても町の人たちから違和感を持たれないように、『花降る町を盛りあげる若人の会』なるものを発足させた。略して『ハナワカ』だ。

「ハナワカの活動、何から始める？　もう派閥のほとんどの住民は、俺らが新婚さんってこと、知ってると思うんだよね。うちの父さん、朝会で暴露しちゃったし」

「いや、この際だから徹底的に周知させよう。結婚した夫婦が最初にすることを、俺らもするんだ」

「えっ……！」

もしや、子作り!?　と思ってしまい、固まった。見る見るうちに真っ赤に染まった昴流の頬を見て、瑛人は察したのだろう。「いやいや、そっちじゃない。挨拶まわりだよ、挨拶まわり」と慌てたようにつけ加える。

「な、なんだ、挨拶まわりか。びっくりした……」

「昴流がしたけりゃ、想像どおりのこともするけどね」

瑛人は新居で新婚さんごっこを始めてから、この手の冗談が増えてきた。おかげで昴流は免疫のない自分をまざまざと知るはめになり、怒ったり赤くなったりと忙しい。今日も「あーほーかーっ」と瑛人の脇腹を手刀で思いきり突いてやる。

「いってぇ！」

くだらないやりとりはともかくとして、田舎では結婚した際に行う挨拶まわりは必須だ。たいてい親が新婚夫婦を連れて、となり近所に顔見せにまわる。慣習どおりに行うなら、親付きがいちばんだが、双方の父親に打診したところ、「ばかばかしい、勝手にしろ」と一蹴されたので、二人で町内をまわることにした。

時間帯は、旅館や商店が比較的暇になる平日の昼下がり。さすがに手ぶらでは行けないので、まどか堂に相談して、紅白まんじゅうを作ってもらった。

「なんか新鮮だな」

「ほんと。超どきどきする」

服装は普段と変わらない。昴流はみやのの法被（はっぴ）を羽織（はお）っているし、瑛人は仕事用の黒のスリーピース姿だ。

けれど二人肩を並べて花降る町の大通りを歩くのは初めてかもしれない。いつもなら昴流を見かけるとすぐに声をかけてくる商店の人たちも、昴流のとなりにいるのが瑛人だと分かった途端、急に用事を思いだしたていで、そそくさと店の奥に引っ込んでしまう。この界隈（かいわい）の旅館や商店はみやのの派閥になるので、昴流がしっかりしなければいけない。

「こんにちは。みやのの昴流です。いつもお世話になってます」

記念すべき挨拶まわりの一軒目に選んだのは、花菱（はなびし）という旅館だ。ここの主（あるじ）は温泉旅館組合の副長でもある。宿の歴史もみやのの次に古く、みやの派閥のなかでもトップに近い。

仲居に呼ばれて玄関先に現れた主は、並んで立つ昴流と瑛人を見てしばし絶句した。

「お父さんからその、聞いてはいたんだが……いや、おどろいたよ。だけどいまは時代がちがうから、男性同士で連れ合うのも、ま、まあ、いいんじゃないかな。『花降る町を盛りあげる若人の会』……うむ、これもいい。最近は町を出て働く人が多いからねえ。ぜひがんばりなさい。微力ながら応援するよ」

「ありがとうございます。これからもよろしくお願いします！」

瑛人と揃って頭を下げ、花菱の門を出たところでほっと胸を撫でおろす。

「なんとかうまくいったな」

「うん。出だしは上々って感じだね」

花菱よりあとに訪ねた旅館の主たちも、最初こそ戸惑った表情で昴流と瑛人の顔を見比べていたものの、最後には「君たちが本気なら応援するよ」と言ってくれた。どうやらハナワカを発足しておいたことがプラスに働いたようだ。同性婚の夫婦というよりも、町を盛りあげるためのユニットのような印象を与えるのだろう。

だが確執の根は深く、ＭＩＳＡＫＩが組合に挨拶もせずに新規参入してきたことに、いまだ反感を持っている主もいる。そういう旅館や商店が数軒続くと、さすがに心が疲弊してきた。

「自分よりも年上の人たちに気持ちを伝えるのって難しいよな……。派閥なんかあっても、生活しにくいだけだと思うんだけど」

悄然と肩を落とし、土産物屋の軒下にある丸椅子に瑛人と並んで腰をかける。

みやのの派閥はすべてまわり終えたので、次は高台一帯を固めるＭＩＳＡＫＩの派閥をまわる。その前に少し休憩がしたくて、馴染みの土産物屋に立ち寄ったのだ。田舎町とはいえ、コンビニも自販機もあるのだが、昴流はお金を落とすなら極力地元の商店でと決めている。土産物屋で冷えた瓶入りのラムネを買い、軒下に置かれている丸椅子を借りた。

「瑛人もごめんな。苦労したんじゃないの？　この町に引っ越してきて」

「まあね。正直、くそみたいな町だなって思ったよ。引っ越してすぐの頃は」

　やっぱりなと思い、「ごめん」と肩をすぼめる。

「昴流が謝ることじゃないさ。俺は昴流がいるからここにいるんだ」

「……俺が、いるから？」

　瑛人はうなずくと、土産物屋の庇から垂れる陽よけの布に目をやる。

「小三のときだったかな。俺が花降る町に引っ越してきたのは。夏休み中に引っ越しが完了したから、姉貴といっしょに温泉街を見てまわったんだ。親から小遣いだけもらって」

　花降る町というきれいな町名や、ほのかに湯の花の香りのする風、刻が止まったかのようなレトロな街並みに心を躍らせたのは、最初のうちだけだったと瑛人は言う。

「田舎の人って誰にでも親しげに話しかけてくるだろ？　どこから来たのとか、あなたたちはきょうだいなのとか。訊かれるままに答えてたら、みんな次第によそよそしくなっていくんだ。土産物屋や駄菓子屋、小さな商店を五、六軒まわってからやっと気がついた。俺の親父が建てたホテルは、この町ではまったく歓迎されてないんだってことを」

　だから怖かったんだよなぁと、瑛人はラムネを一口飲んで言う。

新学期が怖かった。大人の世界より、子どもの世界のほうがたいていえげつない。

その上、この町でいちばん大きな宿の息子が、同じ小学校の同学年にいるという。ほんの一、二時間、姉と温泉街を散策しただけで、大人の排他的な感情を肌で感じとったのだ。みやのという名のその宿の息子は、まちがいなく自分を排除しようとするだろう。いったい自分の学校生活はどうなるのか、と。

「だけど全部杞憂だった。昴流は町の人とは全然ちがったから」

な？　と笑いかけられ、一瞬返事に躊躇した。

幼い日の瑛人がいかに心を張りつめさせていたか知ったせいだろう。たやすくうなずくのは憚られ、けれど当時の昴流には瑛人を排除しようなどという思いは微塵もなかったので、少し遅れて「うん」とうなずく。

「昴流は自己紹介したあとも、きらきらした目でずっと俺にまとわりついてたよな。五十メートルは何秒で走れるのとか、シンガポールはどんな国だったのとか、好きなサッカー選手を教えてとか、めっちゃ質問してきてさ」

「だって俺、瑛人に興味があったんだもん。転校生って初めてだったし」

「実は俺のほうは警戒してたんだよ。これってなんかのテスト？　みたいな。昴流が描いたとおりの答えを返さなかったら、俺はハブられんのかなと思って」

「うそ。俺、そういう変な意地悪、ぜったいしないよ？」

「ああ、すぐに分かった。昴流は俺に対しても、俺以外に対しても、いつでもまっすぐだったから」

瑛人がふいに歌うような口調で言う。

「牡牛座にある、プレアデス星団。肉眼だと六つくらい見えるから、別名は六連星。冬の夜空を飾る星の集まり。すばる」

「――え?」

「星のほうのすばるだよ。昴流のフルネームを知った日に、図書館に寄って百科事典で調べた」

瑛人が昴流に顔を向け、かすかに笑う。

「きれいだよな、プレアデス星団。ばかみたいにずっと写真を眺めてた時期があるから、いまは見ないでも思いだせる。だからかな。昴流のことを考えるとき、いつも月の船が浮かぶんだ。群青色の夜空に漕ぎだす、三日月の船。昴流が船長なんだ。俺は昴流と同じ風景を見たいし、昴流が目指す場所にも行きたい。だから昴流のとなりにいるんだよ」

「……あ……」

何気ない、最初の一言に繋がった。

――俺は昴流がいるからここにいるんだ。

「正直俺は楽しみにしてる。つうか、楽しい。いまもすごく」

「何が?」

「昴流とする、新婚さんごっこ」

あまりにもストレートに言われてしまい、どうして？　とすぐに訊けなかった。

じっと瑛人を見てから、「どうして？」と声にする。

「全部初めてだからかな。いままで二人で思いっきり何かをしたことってないだろ？　学校の外じゃ、隠れて会ってたんだから。だからわくわくする。寝癖だらけの昴流を見るのも楽しいし、こんなふうに二人揃って挨拶まわりをするのも楽しい。昴流といっしょなら、町をひとつにできそうな気がするんだ」

声も力強ければ、昴流を見る眼差しも強い。

ぼうと見入っていると、瑛人が町内地図のコピーを取りだした。挨拶まわり用に二人で準備したものだ。訪問済みの旅館と商店には赤丸印がつけられている。

「塩対応だった旅館と商店には、一週間後にもう一度二人で訪問しよう。何度だって俺は頭を下げるよ。俺らの気持ちが通じるまで出向くんだ。印つけてくれる？」

「えっ、いいの？」

「いいも悪いもないよ。俺はこの町で生きていくって決めてるから、昴流と二人でがんばりたいんだ」

またうれしい言葉を聞いてしまった。「ありがとう」と頬をほころばせ、さっそく多機能ペンで青丸印をつけていく。

受け入れてくれたところと、受け入れてくれなかったところ。目で見て分かるといくらか不安が薄まった。数十軒あるうちの、ほんの数軒だ。このくらいの数なら、たとえ何度も訪問することになったとしても苦にならないし、訪問しているうちに自分たちの気持ちが伝わるかもしれない。

「そろそろ行こっか。チェックインの時間までには終わらせたいし」

「うん！」

瑛人と話ができて、いい気分転換になった。「ごちそうさまです」と土産物屋の店主に声をかけてから、瑛人と揃って通りに踏みだす。

五月だというのに、今日の気温は夏日に等しく、少し歩いただけで額(ひたい)に汗の粒が浮く。けれど気温のせいだけではないかもしれない。先ほどの瑛人の言葉を思い返すたび、鼓動が忙(せわ)しなくなっていく。

——俺は昴流と同じ風景を見たいし、昴流が目指す場所にも行きたい。

これはどういう意味なのだろう。ずっといっしょにいたい、と訳せばいいのだろうか。いや、ずっとを意味する言葉は入っていないので、シンプルに『いっしょにいたい』が正しいような気がする。

昴流といっしょにいたい。——あえて平たくした言葉を、胸のなかで繰り返す。

なんか照れるな、瑛人がそんなふうに思ってたなんて。俺も瑛人といっしょにいたい。俺の場合は『ずっと』かな。うん、瑛人とずっといっしょにいたい。なんてったっていちばんの仲よしだし、瑛人といると落ち着くんだよね。

頭のなかではぽんぽんと返答が浮かぶものの、それを声にしようとは思わなかった。たぶん声にすると、何もかもが台なしになってしまう。胸を叩く音が祭囃子並みにうるさいことも、真夏でもないのに大汗をかいていることも、何もかも瑛人のせいにしてやりたい。お前が思いもよらない言葉をかけてきたから、俺はこんなにも動転してるんだぞ、と。

（やばい。うれしいな。もう瑛人の嫁役でいいや。旦那役は難しそうだし）

ともすれば緩む口許を必死に隠し、先ほどしまったばかりの町内地図のコピーを広げる。

高台一帯でもっとも高い位置にあるのがリゾートヴィラ・ＭＩＳＡＫＩだ。ＭＩＳＡＫＩに至るまでの道筋に並ぶショップがすべて、ＭＩＳＡＫＩの派閥になる。

「なんかどきどきするなぁ。この辺の店、全然知らないんだよ、俺」

「大丈夫だよ。対抗意識を持ってたのは、みやのの派閥だけじゃないかな。うちのほうは若いオーナーが多いから、ドライだと思う。温泉街の旅館や商店とは、単に付き合うきっかけがなかったから、いままで付き合ってなかっただけのような気がするんだよな」

「えー、そんなことってあるかな」

「あるよ。うちは花降る町でも外れのほうだし、もともとは山だったんだから」

昴流はみやの側の人間なので、みやの側のことしか分からない。だがＭＩＳＡＫＩ側の瑛人が「大丈夫だよ」と言うのなら、本当に大丈夫なのかもしれない。

「だったら俺、心も体も無傷で帰れるかな」

「帰れるだろ。不安なら俺の後ろにいればいいじゃん。ちょこんと顔だけ覗かせてさ」

言われたままの画(え)を想像し、思わず笑ってしまった。いくらなんでもそこまで情けない真似はできない。

――楽しい。いまもすごく。

――昴流とする、新婚さんごっこ。

ふいに瑛人の声がよみがえった。

（俺も楽しいな。うん、楽しい）

今日は町をひとつにするために、瑛人と並んで第一歩を踏みだした日だ。「よーし、がんばるぞー」と腕を振って駆けだすと、「も、速いって」と後ろで瑛人が笑う。


ＭＩＳＡＫＩの派閥への挨拶まわりは、辛辣(しんらつ)な言葉をぶつけられることもなく、あっさり終了した。瑛人が感じたとおり、おかしな対抗意識を持っていたのは、みやのの派閥だけだったようだ。昴流がみやのの若旦那だということが分かると、「みやののさん、素敵ですよね。いつか泊まってみたいと思ってるんです」と、無邪気に笑顔を見せるオーナーもいたほどだ。身構えていた分、拍子抜け(ひょうしぬ)したものの、温泉旅館組合や温泉街に対して特に思うことがないのなら、それに越したことはない。

副産物は意外なところから降ってきた。

二人揃ってそれぞれの派閥をまわるという筋を通した行為に、双方の父親が態度を軟化させてきたのだ。特に瑛人の父は、みやのの跡継ぎでもある昴流が、どちらの派閥にも頭を下げたことにひどく感銘を受けたらしい。ぜひにと乞われ、夕食に誘われたこともおどろきだったのだが、その席で「昴流くんのような人に出会えたことがとてもうれしいよ」とまで言われ、さらにおどろいた。

おそらく瑛人の父は、その話を昴流の父にしたのだろう。昴流がいつものようにフロント業務についていると、父がすっと側(そば)にやってきて、「瑛人くんはうちには来ないのか？」などと言う。

「来ないのかって何。父さんが招待するんなら来ると思うけど？」

「だったら、あれだ。今日の昼過ぎ辺り、来てくれてもいいぞ」

「えっ、いいの⁉」

「ただし、メシは出さねえ。お前の選んだ男がどれほどの気骨(きこつ)を備えているか、この俺がしっかり確かめてやる」

「……はあ？」

そんなふうに言われて、ほいほいと瑛人を呼べるわけがない。とはいえ、考えようによっては前進したことになるのだろうか。結局瑛人に電話して、本人の判断に任せることにした。

「どうする？　時間帯的にたぶん、大浴場と露天風呂の掃除要員だと思うんだよね」

『行く。ぜったい行く』

と、瑛人が力強い声で返す。

「まじで？　めっちゃしんどいよ？」と昴流が言っても、『全然大丈夫』の一点張りだ。

なんだか申し訳ないなぁと思いつつ、普段どおりに業務をこなす。そして父が指定した昼過ぎ、瑛人はにこやかな表情でみやのに現れた。

「お義父さん、お久しぶりです。夕方まででしたら手が空いていますので、どんなことでもお手伝いします。なんなりとお申しつけください」

長年の友人なので、いちいち確かめなくても分かる。これは愛想笑いではなく、気持ちが高揚しているときの笑顔だ。意味が分からず戸惑ったものの、父のほうは笑顔で挨拶する瑛人に好感を持ったらしい。機嫌よさげに口許をほころばせると、瑛人の背中をぽんと叩く。

「いやあ、急に呼びつけて悪かったね。まあ、なんというか、瑛人くんはうちの昴流の伴侶になるわけだし、みやのの仕事を多少手伝ってもらっても、ばちは当たらないんじゃないかと思ってね」

「もちろんです。ご指導のほど、よろしくお願いいたします」

昴流が予想したとおり、やはり瑛人は風呂掃除要員だった。

風呂掃除はかなり体力を使うので、男手があるに越したことはない。「あまり瑛人に無理させないでくれよ」と父に言いつつ、昴流も風呂掃除をするつもりで支度をしていると、「お前は来なくていい」と父が言う。

「えっ、なんで！」

「なんでもくそもあるか。人数が多けりゃいいってもんじゃないだろ。お前は土産物の発注でもしてろ。品薄になってたぞ」

まさか瑛人だけ連れていかれるとは思ってもいなかった。まるで犬でも追い払うかのように、父に「しっしっ」と手を振られ、後ろ髪を引かれる思いでロビーの一角にある土産物のコーナーに向かう。

いったい父はどういうつもりで瑛人を呼んだのだろう。まさか瑛人が倒れるまでこき使うつもりなのだろうか。そんなことばかり考えてしまい、慣れているはずの作業が進まない。

普段の倍以上の時間をかけて発注作業を終える頃、仲居姿の早苗(さなえ)が小走りになってやってきた。瑛人の交際宣言と公開プロポーズ以降、早苗には思いきり避けられていたのだが、最近になってようやく元のきょうだいの仲に戻ったところだ。どうも彼氏ができたらしく、大好きなのはその彼氏で、瑛人は目の保養程度の対象に降格(こうかく)されたようだ。

「ねえねえ、お兄ちゃん。瑛人さんがうちに来てるってほんと？」

「ああ、来てるよ。父さんたちと風呂掃除に行った。たぶん露天風呂のほうじゃないかな」

「ええー、ほんとだったんだぁ。私、お茶でも持っていってみようかな」

「お茶ぁ⁉」

思わず目を剝いてから、つとめて冷静な声を出す。

「お前なぁ、お茶なんかあとにしろよ。風呂掃除の最中に飲めるわけがないだろ」

「やあねぇ、ピリピリしちゃって。本妻なら堂々としてればいいのに」

「誰が本妻だ。こんなところで油売ってないで、早苗は母さんの手伝いでもしてろよ。今日は満室なんだぞ」

先ほどの父と同じように「しっしっ」と早苗を追い払う。「んんもう！」とむくれた早苗が遠ざかるのをしっかり確認してから、できるだけ自然な足取りで事務室に向かう。

さすが女子。気になるなら覗けばいいのだ。差し入れをするふりで。

さっそく事務室の冷蔵庫から缶入りの麦茶を人数分取りだし、湯籠に入れる。それを法被の下に隠すと、昴流はそそくさと露天風呂に向かった。

露天風呂はみやのに三つある。そのうちのひとつ、庭園風の岩風呂に父たちはいた。水を流したり、風呂桶を洗ったりと、皆それぞれに立ち働いていて、脱衣所の扉の陰からこっそり覗く昴流には誰も気づいていない。

瑛人は湯船を形作る岩をブラシで磨く係のようだ。いつの間にかジャージの上下に着替えている。父がときどき「もっと力を入れろ」だの「こっちもぬるついてるぞ」だのと声をかけていたが、その度に瑛人は元気よく「はいっ」と返事をし、機敏に動く。

露天風呂はみやのの大事な売りのひとつなので、父も昴流も決して掃除に手を抜いたことはない。その風呂を瑛人が汗まみれになって磨いている姿を見て、なんだか胸が熱くなってきた。瑛人は昴流がいないところでも、懸命になって婿役を果たそうとしている。父は父で、声かけは少々荒っぽいものの、瑛人を虐げているようには聞こえない。どちらかというと、もうひとりの『息子』に接するような態度だ。

父に認めてもらおうとがんばる瑛人と、不器用ながらも瑛人に歩み寄ろうとしている父。

二人の姿に柄にもなく眸を潤ませていると、背後からいきなり声をかけられた。

「あんた、こんなところで何やってんのよ」

「……っうわぁ！」

母だ。びっくりして尻餅をついてしまった拍子に、法被の下に隠していた缶入りの麦茶が転げでる。慌てて拾い集めて湯籠を抱きかかえると、和服姿の母が小さく肩を揺らした。

「情けないわねえ。差し入れしたいんなら、行ってきたらいいじゃない。あんたは昔っから肝心なところでもじもじするんだから」

「お、俺はタイミングを計ってるだけだよ。母さんこそ、何」

「私は瑛人くんが来てるって早苗から聞いたから、挨拶だけでもしておこうと思って」

母は言うが早いか、岩風呂に向かって声を張りあげる。

「瑛人くん、いらっしゃい。せっかく来てくれたのに、うちの人がこき使ってるみたいでごめんなさいね」

「いえ、全然。声をかけてもらえてうれしかったです」

「慣れないとしんどいでしょう。——あなた、少し休憩を入れてあげて。昴流が麦茶を持ってきたのよ」

母がそんなふうに言ったので、扉の陰から出るしかなくなった。

仕方なく「お疲れさまです」などと言いながら、父を始め、男衆(おとこしゅう)たちに缶入りの麦茶を配っていく。当然、父には「お前なぁ、掃除の最中に茶なんか飲めるわけがねえだろが」と呆れられてしまったが。

「きょ、今日は特別だよ。瑛人もいるんだから」

「ったく。……まあいいや。みんな、五分間休憩しよう」

父が庭園の岩に腰をかけ、麦茶のプルタブを開けたのでほっとした。さりげなく瑛人の側に寄り、「お疲れさま」と声をかける。

「うちの父さん、人使いが荒いだろ？　大丈夫だった？」

「大丈夫だよ。いろんな話ができたし」

瑛人は麦茶を飲むと、ふぅと息をつく。

「もう諦めた、できちまったもんは引き離せねえからなぁって言われたよ」

「できちまうって何が？」

「俺と昴流のことでしょ。お義父さん、もともとは庭師さんだったんだってね。仕事でみやのの庭を整えてるうちに、娘時代のお義母さんに恋をして、一年かけて結婚を許してもらったって言ってたよ」

昴流も一応知っている話だが、それを父が自ら瑛人に話したことにおどろいた。やはり父は父で、昴流が伴侶に選んだ相手——実際にはちがうのだが——を、なんとかして受け入れようとしているのかもしれない。

「うれしかったよ。そういう話をしてくれたことも、大事な露天風呂の掃除を手伝わせてくれたことも。少しずつだけど、俺らのこと、認めようとしてくれてるのかな」

「たぶんね」

ふふっと笑みを交わして、麦茶を飲む。昴流が小さな引っかかりを感じたのは、十秒も二十秒も経ってからだった。

「待って待って、できてない。俺ら、できてないから！　友達同士だから！」

「いやいや、できてるよ。新婚さんだし、ラブラブだし」

「おま、どうしてそういうことをっ——」

うろたえて耳まで赤くしたとき、いきなり水をかけられた。

瑛人からではない、父からだ。父がホースを握り、その先端を昴流の顔面に向けている。

「見苦しいだろが、小娘みたいに顔赤くしやがって！　掃除の再開だ。ぼやっとしてねえでお前も手伝え。今日は満室なんだぞ。分かってんのか⁉」

「分かってるよっ！」

来なくていいって言ったのは誰だよ！　と言いたいのをこらえ、昴流もブラシを握る。ずぶ濡れになってしまったので、いまさら格好を気にしてもしようがない。水なのか汗なのか分からないものにまみれながら、岩風呂を磨く。

「――よし、いいだろう。湯を出すぞ」

父がボイラー係に連絡し、岩風呂に勢いよく温泉がそそがれる。

小さな達成感を得られる瞬間だ。立ち昇る湯気はまるで化粧のように、湯船や目隠し用の木立を艶やかにする。陽が落ちる頃には庭園灯もともり、もっと風流な佇まいになる。

「きれいだな」

瑛人のしみじみとした呟きに、「うん」とうなずく。

みやの自慢の露天風呂だ。代々この風呂で客を迎えてきた。いままでなら瑛人が目にすることはなかっただろうものを、ともに眺めているのがうれしい。

「そうだ、巡り湯」

「え？」

「巡り湯だよ。――昴流、巡り湯プランっていうのはどうかな」

瑛人が力のこもった眸を昴流に向ける。

「うちの風呂とみやのの風呂は、雰囲気がまったくちがう。これって花降る町の売りになるんじゃないか？　たとえば、うちに泊まったお客さんがみやのの風呂にも入れたり、みやのに泊まったお客さんがうちの風呂にも入れたり――」

瑛人の描く構想が伝わり、一気に気持ちが昂ぶった。ＭＩＳＡＫＩとみやのが犬猿の仲だった頃にはとても実現できない案だろうが、いまはちがう。

「それ、めっちゃいい！」

「だろう？」

国内にも巡り湯が売りの温泉地がある。将来的にはＭＩＳＡＫＩとみやのの湯だけでなく、他の宿の湯にも入れるようになったら、もっと宿泊客を楽しませることができるだろう。『花降る町を盛りあげる若人の会』らしい立案だ。

タイミングがいいことに、みやのの主はすぐそこにいる。

昴流は瑛人とうなずきを交わすと、タオルで足を拭いている父に近づいた。

「父さん。ハナワカの活動のことでちょっと相談があるんだけど――」

父に巡り湯プランについて話してみると、「面白そうだな。やってみる価値はあるんじゃないのか？」と予想以上によい反応を得ることができたので、さっそく瑛人を通じてＭＩＳＡＫＩサイドにも打診した。ありがたいことに瑛人の両親も巡り湯プランに興味を持ってくれ、「宮野（みやの）さんが乗り気なら、うちも協力するよ」と言ってくれた。

　プランをスタートさせる時期やその価格、宣伝方法など、決めなければならないことは山積みだが、まずは風呂からだろう。昴流はＭＩＳＡＫＩの大浴場がどんなものなのか、まだこの目で見たことがない。温泉旅館の跡取り息子である以上、浴場の雰囲気や湯の感じをこの肌で確かめたいものだ。

「ねえ、瑛人。近いうちにみやののお風呂に招待するからさ、俺もＭＩＳＡＫＩのお風呂に入れさせてくれない？　巡り湯プランの詳細を煮詰める前に、まずは一回、ＭＩＳＡＫＩのお風呂に入ってみたいんだよね」

「あー、そりゃそうだよな。じゃ、来る？」

「うん、行くー！」

　瑛人の両親からも「しまい湯でよければいつでもおいで」と言ってもらえたので、瑛人が夜勤の日の深夜に二人で入浴させてもらうことにした。

　ＭＩＳＡＫＩの宿泊プランは、専用の浴室と小さな庭を備えたヴィラタイプと、本館に宿泊するスタンダードタイプの二種類があり、大浴場は主にスタンダードタイプの宿泊客が利用するらしい。

「夜の十二時くらいに来て」と瑛人に言われたので、その時間にＭＩＳＡＫＩのフロントドアをくぐる。さすがにロビーもフロアも静まり返っていて、フロントから「いらっしゃい」と応える瑛人の声だけがしじまに響く。

「お疲れ。なんか夜のホテルってどきどきするな」

「そう？　夜勤のときはいつもこんな感じだよ」

瑛人は「ちょっと待ってて」と昴流に言うと、どこかに電話をかける。しばらくして、代わりのスタッフがフロントにやってきた。

「一時間ほど任せても構わないかな。みやのさんと新プランの検討がしたいんだ」

「了解です」

微笑むスタッフに見送られ、瑛人とともにエレベーターに乗る。

大浴場は本館の最上階にあるらしい。階数表示を見上げているうちに最上階に着いた。大浴場の利用時間は二十四時までのようだ。廊下には簡易のチェーンがかけられ、通れないようになっていた。

「一時間後には業者が清掃に来るから、それまでなら男湯にも女湯にも入りたい放題だよ」

瑛人が言いながらチェーンを外し、どうぞというふうに昴流に手のひらを向ける。

「じゃあ俺と瑛人で貸し切りってことか。贅沢だね」

男湯と女湯、どちらにしようか迷ったが、こういう機会でもなければまず入ることのできない、女湯に入らせてもらうことにした。女湯を楽しんだあと、まだ時間があるようなら、男湯にも入らせてもらおう。そう決めて女湯に向かいかけたとき、瑛人がふいに難しい顔をして天井を仰ぐ。

「あー、悪い。昴流は先に入ってて。タオル持ってくるの忘れた」

「タオル？　持ってきてるよ。瑛人の分も」

お試し入浴でホテルのタオルを使うのはありえないと思い、ちゃんと用意してきたのだ。バッグからバスタオルとフェイスタオルを引っ張りだしてみせると、瑛人が困ったような表情で顎に手をやる。

「いや、タオルだけじゃない、実は着替えも忘れたんだよな」

「えー、まだ仕事中なんだから同じパンツでいいじゃん」

「無理無理。そういうの嫌なんだよ。大丈夫、すぐに戻るから。ロッカーに着替えを置いてあるんだ」

「んだよ、もう。ソッコーで戻ってきてよ？」

踵を返す瑛人をふくれっ面で見送ってから、女湯の脱衣所に足を踏み入れる。

白とベージュを基調としたモダンな内装だ。きょろきょろと見まわしてみても誰もいなかったので、さっそく服を脱ぎ、フェイスタオルを持って大浴場に向かう。

大浴場の写真はMISAKIのホームページで確認していたものの、実際にこの目で見ると「おおーっ」と声が出た。

優雅な楕円形の湯船で、桜貝のような光沢を放つ石で形作られている。壁や床はやさしい白色だ。一面はガラス張りになっていて、眺望もいい。テラスには露天風呂もあるようだ。「すごいなー」とひとりではしゃいだ声を上げながら、まずは体を洗う。

湯船に浸かると、またもや感嘆の声が出た。湯船から空が臨める設計になっているのだ。わずかに顎を持ちあげるだけで、大きなガラス窓を通して星が降りそそぐ。照明が少し暗いのは、星空を演出に加えるためなのかもしれない。それに気づくと、俄然テラスの露天風呂が気になった。勢いよく湯から上がり、ガラス戸を開けてテラスに出る。

火照った肌に夜風が触れるのが心地好い。誰もいないのをいいことに、すっぽんぽんで二、三度深呼吸をしてから、露天風呂に足を入れる。

「お、おお……⁉」

テラスの照明は大浴場と同様に控えめだったので、すぐに気がつかなかった。艶のある紺青色の湯船には、色とりどりの薔薇の花が浮かべられている。

「薔薇湯かぁ。女湯らしいや」

みやのでは柚子湯と菖蒲湯のサービスはしているが、薔薇は浮かべたことがない。そろりと肩まで浸かると、小さな水流が生まれ、薔薇がてんでにたゆたう。思わず微笑んだとき、大浴場の引き戸の開く音がした。

瑛人だ。腰にホテルのタオルを巻いた瑛人が、昴流に軽く手を振っている。しばらくすると、体を洗い終えたのか、テラスにやってきた。

「遅いよ、もう。待ちくたびれたじゃん」

「悪い悪い。夜勤のスタッフに業務のことで話しかけられてさ」

瑛人が言いながら露天風呂に入り、ふぅと息をつく。

「どう？　うちの風呂」

「うん。お湯もやわらかいし、雰囲気もすっごくいい。薔薇湯っておしゃれだね。毎日やってんの？」

「いや、週末限定で女湯だけ。結構評判がいいんだ」

「だろうね。女性のお客さん、こういうの好きそうだもん」

湯船の縁で腕を交差させ、その上に顎を乗せる。

視界を遮る(さえぎ)ものは何もない。露天風呂から見渡せるのは、ＭＩＳＡＫＩの北側の風景だ。

まず見えるのは、深い夜に包まれた森。日中ならきっと鮮(あざ)やかだろう緑が途切れる辺りには港町があり、その先には海がある。あいにく田舎なので、都会の夜景のように宝石をちりばめたようにとはいかないが、かわりに都会ではまず見られない、幾千もの星が瞬(また)く満天の空がある。

「きれいだよな」

瑛人が昴流と同じように湯船の縁から空を見上げる。

「この町に引っ越してきて初めて、星ってこんなに空にあったんだって知ったんだ」

「じゃあシンガポールの夜空はさびしい感じ？」

「んー、さびしいっていうより、印象自体が薄い感じかな。星よりも街の明かりのほうが賑(にぎ)やかだから」

「へえ、そうなんだ」

相槌(あいづち)を打ちながら、ふと眉をひそめる。

瑛人とは小三からの長い付き合いだが、白い湯気に包まれる瑛人の肌というものを、いままで目にしたことがない気がする。水泳の授業ならいっしょに受けたものの、互いに裸になって同じ風呂に入るのはおそらく初めてだ。小中高の修学旅行のときも、その年に限って瑛人とはクラスが別だったので、いっしょに入浴した覚えがない。

まちがいなく今日が初めてだと確信すると、急にはずかしくなった。

いや、同じ男だし、友達同士だ。照れることはないだろうと自分に言い聞かせるも、なぜか割り切れない。同居までしているというのに、まさか瑛人との間にまだ『初めて』があったとは。意識すればするほど、意外としっかりした肩幅や、肩甲骨(けんこうこつ)辺りの筋肉に目がいってしまう。

（見た目は王子さま系なのに、脱ぐと男っぽいんだ……）

頬を赤らめて、ごくっと唾を飲んでいる場合ではない。

瑛人の裸体――いまのところ、上半身のみだが――を見られる環境に身を置いているということは、昴流の裸体も瑛人に見られてしまう可能性が高いということだ。

ちらちらと瑛人を窺いながら、細心の注意を払って照明のほとんど届かない湯船の隅に移動する。とにかくさっさと湯から上がらなければ。上半身を伸ばして辺りを見まわし、フェイスタオルを捜す。

(な、ない!)

確かに持ってきたはずなのにと青ざめていると、大浴場の洗い場にタオルがくしゃっと丸めて置かれているのが見えた。体を洗うときに手放し、そのまま忘れてテラスに出てしまったらしい。

(ま、まじか、俺……)

気が遠くなるのを感じていると、いきなり「どうした?」と声をかけられた。

いったいいつの間に側に来たのだろう。再び肌色だらけの男らしい瑛人と対面するはめになり、「ひっ」と声が出る。

「昴流?」

「あ、いや、えっと……こっちのほうにきれいな薔薇があったからっ」

瑛人の裸を意識しまくっていることなど、ぜったいに知られたくない。たまたま目についた赤い薔薇を掬いあげ、「ほら！　ね！」と、力んだ笑顔を作る。

「へえ、意外。薔薇、好きなんだ」

「ま、まあ、うん。花の女王さまって感じがするし」

「そっか。昴流が好きだって知ってれば、うちの庭園からきれいに咲いてるやつ、いくらでも摘んできたのに」

さらりと言われてしまい、思わず瑛人の顔を二度見する。

ずいぶんやさしい科白だ。いや、瑛人はもとからやさしい。が、いまの科白は不相応な気がする。口にした瑛人がおかしいのではなく、瑛人の言った相手が自分だということに違和感を覚える。

（そういう科白ってふつう、女の子に言うもんじゃあ……）

昴流が眉根を寄せているうちに、いつの間にか赤い薔薇で囲まれていた。

瑛人が選び、昴流の周りに寄せてくれたようだ。流れのままに薔薇好き設定を加えてしまったものの、本来、昴流は花より団子派なので、どう反応すればいいのか分からない。豪奢な水面に目を落として固まっていると、瑛人がおもむろにオレンジ色の薔薇を手に取り、昴流の鎖骨にかざす。

「赤もいいけど、俺はこっちのほうが好きかな。おひさまの色、昴流に似合うと思う。かわいいよ」

「か、かわいい？」

先ほどの科白もそうだが、この科白もおかしい。昴流がおどろいて目を丸くしたせいで瑛人もはっとした表情になり、互いが互いの眸を見る。

この感じ、以前にも経験したことがある。

藤の花の咲くウッドテラスで、瑛人の告白もどきのお手本を聞かされたときだ。あの日と同じ、じょじょに速くなる鼓動が昴流の胸の内側を叩く。

息をつめて瑛人を見ていると、つっと視線を逸らされた。

「参ったな。それ、反則だから」

「え……？」

「俺と二人っきりのときに、そういう顔をするのはやめたほうがいい」

いったいどんな顔をしているというのだろう。うろたえたものの、この気づまりな空気をどうにかして引っくり返したいとも思わない。瑛人が次に何を言うのか、ひそかに待っている自分が確かにいる。

互いが互いの心を探るような長い沈黙のあと、瑛人の手が昴流の腕の付け根に触れた。

「せっかくだからしてみる？　少しだけ」

「な、何」

「だから、新婚さんらしいこと」

「えっと……挨拶まわり？」

「それはもう済ませただろ」

真顔で突っ込みを入れた瑛人が、昴流の腕の付け根に置いた手を滑らせていく。上腕部から肘の内側、次はどこだと思っていたら、ふいに湯にもぐった手に腰を捕らえられた。その手の動きに気をとられていたので、顔を近づけてくる瑛人に気づくのが遅れた。

（――――！）

やけに近い。近すぎる。

このままでは唇と唇がぶつかってしまう。おどろいて頭が真っ白になり、昴流が反射的にとった行動は『湯にもぐる』だった。

裸をさらさずに逃げる方法が他にないのだから仕方がない。けれど焦ったせいで、湯のなかでバランスを崩してしまった。さっさと体勢を立て直せばよかったものを、この角度で体を捻ると、瑛人にお尻を見られるかも……と余計なことを考えたのがまずかった。

海ならともかく、まさか露天風呂で溺れかけるとは。必死になって両手をじたばたさせながら、勢いよく水面から顔を出す。

「ちょ、昴流っ――大丈夫か？」

「だっ……大丈夫って、お前が訊くこと!?」

瑛人がおかしなことをしようとしてきたから、これほど無様な格好をさらすはめになったのだ。はずかしいわ、びっくりしたわで、涙がせり上がる。

「ごめん、昴流。悪ノリしすぎた」

　何が悪乗りだ。悪乗りにも限度というものがある。湯に濡れた顔を乱暴に拭ってから、そこらに浮かんでいた薔薇の花を瑛人に投げつける。べっちゃんと間抜けな音がした。

「あとになって謝るくらいなら、最初っからすんな！　瑛人のばか。ばかばかばか、くそやろう！」

　昴流が半泣きだということが声で分かったのか、瑛人が目を瞠る。だからといって、一度浮かんでしまった涙を引っ込めることは至難の業だ。くるりと瑛人に背中を向けて、目許をごしごしと擦る。

「瑛人はもう仕事に戻れよ。いますぐ俺をひとりにしてください」

「いやでも――」

「でももへったくれもないよ。瑛人がここにいると、俺は永遠にこの風呂から出られないわけ。子どもの頃ならともかく、いまさら瑛人に裸を見られるのはめっちゃはずかしいってこと、さっき気がついたんだ」

　そうだ、最初から正直にこう言えばよかったのだ。

　瑛人がまた「ごめん」と謝る。先ほどの「ごめん」とはちがい、勢いのある「ごめん」だ。

「じゃあ、俺は先に上がるから」

昴流が背中を向けている間に、瑛人が湯から上がる。テラスのガラス戸を開ける音、大浴場の床を歩く音――かなりの早足だ――、そして大浴場の扉が閉まる音をしっかり耳で確かめてから、そろりと振り返る。

もう瑛人はいない。女湯に初めて足を踏み入れたときと同じ静寂が、昴流を包む。

「はああぁ……参ったぁ……」

よろよろと湯から上がり、夜風に冷えたテラスの床の上で大の字になる。

あやうく露天風呂で溺死(できし)、もしくはのぼせ死ぬところだった。その上、瑛人の前で半泣きの姿をさらしてしまうとはとんだ醜態(しゅうたい)だ。いますぐ融(と)けてなくなりたいほどだが、人体がそんな変化を起こすわけがない。結局両手で顔を覆(おお)い、ひとり羞恥(しゅうち)に耐える。

(なんだったんだよ、さっきの)

何度も深呼吸を繰り返し、心と体の調子を整える。だが鼓動はいつまで経っても鎮まらず、暴れ馬が踏み荒らすかのような激しさで、昴流の胸を叩く。

目を瞑(つむ)ると、瑛人の顔が浮かんだ。

涼しげな目許を縁取(ふちど)る睫毛(まつげ)。薄くて形のいい唇。男らしく張った肩。――互いの唇が触れるかどうかのところで、昴流の二つの眸が捉(とら)えた瑛人。

あのときの瑛人は、果たして悪乗りに興(きょう)ずる友人の顔をしていただろうか。

なぜ自分は、ギリギリまで逃げようとしなかったのだろう。

考えても答えは出ない。ため息をつきながら寝返りを打ち、湯船にたゆたう薔薇の花を見る。

知らず知らずのうちに昴流の目が探していたのは、瑛人に似合うと言われたオレンジ色の薔薇だった。

夜勤が明けると、瑛人は朝の九時頃に新居に帰ってくる。けれどその時間にはすでに昴流はみやので働いているので、瑛人と顔を合わせることはない。

とはいえ、夜になれば昴流も帰宅する。

（ああ、どんな顔して瑛人に会えばいいんだか……）

これほど憂鬱な気持ちで仕事を終えたのは初めてだ。瑛人と気まずくなるのはなんとしてでも避けたいところだが、いつもどおりに振る舞える自信もない。同性の友人に迫られても動じない人がいるのなら、爪の垢を煎じて飲みたいほどだ。

夜勤明けの日の瑛人はたいてい休みなので、ほぼまちがいなく家にいるだろう。思ったとおり、ログハウスの駐車スペースには瑛人の車があった。

（とりあえず、ただいまって言おう。うん、やっぱ挨拶大事だし）

家の鍵を握りしめ、喉の調子を整えていると、いきなりドアが開いた。まったく予期していなかったのでおどろき、「うわっ」と声が出る。瑛人と二人暮らしなのだから、開けたのは瑛人しかいない。どうも昴流が帰ってくるのを待っていたようだ。

瑛人は三和土に立つと、「ごめん」と頭を下げる。

「昨夜のこと、本当に悪かったと思ってる。あれは悪ノリっていうか、魔が差したっていうか、その……湯船の隅で縮こまってる昴流がかわいく見えて、からかってみたくなったんだよ」

まさか『悪乗り』に『魔が差す』まで加わってしまうとは。唖然と瑛人を両目に映してから、んだよそれと心のなかで呟く。

露天風呂で迫ってきた瑛人が友人ではなく男の顔をしていたように思えたので、今日は一日、気もそぞろだったのだが、結局はただの出来心だったということらしい。瑛人にとって誰かの唇に自分の唇を触れさせようとすることも、実際に触れさせることも、とっくの大昔に何度も経験済みの造作もないことなのだろう。

なんだか呆れてしまった。瑛人にではなく自分にだ。

「ばっかみてえ。一日中どきどきして損したよ」

うつむき、ぼそっと吐き捨てる。

瑛人は聞きとれなかったらしい。焦った様子で、「え、何」と昴流の口許に耳を寄せてくる。

角度はちがえど、この距離だ。昨夜の瑛人もこれほど近いところにいた。

だが瑛人が正面を向くこともなければ、昴流に迫ることもない。当然だろう、昴流と瑛人はただの友達だ。それも同性の。

分かりきったことを忘れていた自分に苛立ち、目の前の耳に向かって「ばーか」と言ってやる。少し声が大きかったようで、瑛人が肩を跳ねさせる。

「ほんとごめん。もうしないから。ああいうことは」

「ったり前だろ。俺をなんだと思ってんだ」

眉をつり上げたものの、瑛人に対して怒っているわけではない。くだらないからかいに見事に振りまわされてしまった、自分の免疫のなさに腹を立てているだけだ。

気持ちを切り替えるために、「あーあ」と声に出して息をつく。

「もういいよ。全部忘れて。俺のほうも忘れたいから」

露天風呂で溺れかけたことも、瑛人に涙声を知られたことも、最後の最後になって「裸を見られるのがはずかしい」と白状したことも、すべて忘れてしまいたい。うつむきついでに靴を脱いでいると、瑛人が言った。

「いや、ちゃんと仲直りがしたいんだ。昴流と気まずくなりたくない」

（へえ……）

どことなく強張（こわば）った表情をまじまじと見て、初めて心が和（なご）んだ。

仲よくやっていきたいのは昴流も同じなので、仲直りがしたいとストレートに言ってもらえるのはうれしい。「んー」と唇を横に引き、しばらく考える。

「じゃ、焼肉でもおごってくれる？　それでチャラにするよ」

瑛人が「喜んで」と即答したので、思わず笑ってしまった。

タイミングのいいことに、今日はまだ夕食を作っていないのだとか。「だったら行っちゃう？」という話になり、さっそく向かった焼肉屋で、昴流は遠慮なくカルビもロースもハラミも平らげた。

まあ、起こってしまったことは仕方がない。これでいつもの日常に戻れるだろう。

昴流はそう思っていたのだが——。


（全っ然、戻れてない気がする……）

まどか堂の一角にある甘味処（かんみどころ）で、昴流はひとりであんみつを食べながら、唸（うな）ったりため息をついたりテーブルに突っ伏したりと忙しい。

本当はハナワカの活動のことで智樹に相談したいことがあって来たのだが、あいにく智樹は配達に出ていていなかった。あっさり踵を返すのは気が咎（とが）め、少し気分転換をしたい思いもあったので、甘味処に立ち寄ったのだ。

なぜこれほど心が不安定なのか、自分でもよく分からない。露天風呂の一件があってから、保育園時代から慣れ親しんできた、元気・活発・男子全開の自分を見失ってしまったような気がする。表面的にはいつもどおりでも、ふとした瞬間に露天風呂で迫ってきた瑛人の表情を思いだし、さらにはいままで瑛人に言われた言葉まで数珠繋ぎによみがえり、落ち着かない気持ちになるのだ。

——昴流。好きだよ。ずっとずっと、俺は昴流が好きだった。

——俺は昴流がいるだけで幸せになれるから。

——おひさまの色、昴流に似合うと思う。かわいいよ。

この手の言葉をなぜ適当に聞き流すことができないのか。最初の頃は怒ったり赤くなったりしつつも、聞き流すことができていたのだ。それなのに最近は、秘密の小箱からこっそり宝物を取りだすように、記憶のなかから瑛人の言葉を掬いだし、ひとりでにましているときがある。

昨夜なんて、相変わらずソファーで寝ている瑛人が気になり、「ベッドでいっしょに寝ようよ。俺、雑魚寝って思うようにするから平気だよ」と声をかけたら、「それって俺に襲われても構わないってこと?」と笑いながら返されてしまった。「んなわけねーだろ!」と顔を真っ赤にして瑛人にクッションを投げつけたものの、怒るどころか心拍数が急上昇してしまったのが正直なところだ。

俺は相当おかしい。自覚はある。だからといって、この状況を本気でどうにかしたいと思っていないことも引っかかる。

たとえば瑛人に「二度と言うな!」とぶち切れたり、「不倫も浮気も許すから、彼女を作りなよ」と勧めたりする気はいっさいない。むしろ、できるだけ長く自分の旦那役でいてほしいと願っているくらいなのだから、おかしいどころの話ではないのかもしれない。

（うーん……瑛人のことは友達として大好きだからなぁ。冗談でも口説き文句みたいなことを言われたら、その気がなくても意識するようになるのかも……）

最後まで残しておいたさくらんぼに吸いついたとき、甘味処と厨房の間に垂れ下がっている暖簾が割れ、智樹が顔を出した。

「悪ぃ、昴流。来てたんだ」

「あ、おかえり。いや、ちょっと智樹に相談したいことがあってさ——」

自分の感情に振りまわされて、やるべきことが疎かになるのは困る。智樹が向かいの椅子に腰を下ろすのを待ってから、プリントアウトした巡り湯プランの要項を差しだす。

「これ、瑛人といっしょに計画してるんだ。巡り湯プラン。このプランを利用して、みやのかＭＩＳＡＫＩに泊まってくれたお客さんは、みやののお風呂にもＭＩＳＡＫＩのお風呂にも入れますよってやつ。もうほとんど形になっていて、来月初旬にはお互いのホームページで予約を募ろうって思ってる。将来的には組合も巻き込んで、うちとＭＩＳＡＫＩ以外の宿も対象にしたいんだ」

「へえ、昴流んちと美崎んちが仲直りしたからこそのプランだな。面白そうじゃん」

「——で、このプランを利用してくれたお客さんに、ちょっとしたお土産を用意したいんだよね。花降る町の宣伝も兼ねて。まずは第一弾として、まどか堂の和菓子を考えてるんだけど、どうかな?」

「うちの?」

「とりあえず試運転的に一日三組から五組程度で予約を募ろうと思ってるから、そう数はいらないんだ。だからこそ、少し凝った感じのお菓子をお願いしたいんだけど」

途端に智樹は真剣な表情になり、プランの要項を読み始める。

「土産用の和菓子か……。それってうちの親父じゃなくて、俺に頼みたいってこと?」

「うん、できれば。ハナワカで考えたプランだから、俺らくらいの若い世代にスポットを当てたくて」

「やる。——やりたい、俺」

昴流を正面から見据えた智樹が力強くうなずく。

「親父に反対されて、商品化できなかった和菓子が結構あるんだ。味も見た目も悪くないのに、田舎じゃこういうのは流行(はや)らないからとか、そんな理由で。機会があれば世に出したいって思ってたんだよ」

「まじで? もったいないよ。作ろうよ、それ」

昴流が前のめりになって言うと、智樹のほうも興奮気味に頬を紅潮(こうちょう)させる。

「ありがとう、昴流。俺に声かけてくれて。美崎にもよろしく言っといて。やばい、めっちゃかな声を上げる。

楽しみになってきた。近々試作品を作って持ってくよ」

「了解。楽しみに待ってる」

意欲的に引き受けてもらえてほっとした。

そろそろチェックインの時間なので、みやのに戻らなければいけない。腰を上げかけたところで、まどか堂の引き戸が開いた。店に立っている智樹の母が「あら、いらっしゃい」と朗らかな声を上げる。

常連客だろうか。何の気なしに振り向き、軽く目を瞠る。

まどか堂に入ってきたのは、瑛人の姉の杏子だった。杏子は智樹の母と雑談を交わしながら陳列棚に並ぶ和菓子を指さし、それを智樹の母が愛想よく包んでいる。

「美崎の姉ちゃんだよな？　最近よく来てくれるんだ」

「へえ。なんか意外」

杏子も甘味処にいる昴流に気づいたようだ。会釈をされたので、昴流もぺこんと頭を下げる。

杏子がまどか堂をあとにするのを待ってから、昴流も出入り口に向かった。

そろそろ六月が終わろうとしている。先週に梅雨入りしてからというもの、天気は雨か曇天のどちらかだ。今日も重苦しい曇り空でぱっとしない。隣家の軒に絡みつく凌霄花の赤だけが鮮やかだ。

「うーん、降りそうな天気だなぁ。うちの傘、持っていく？」

「大丈夫だろ。十分ほどの距離だし」

見送りに出た智樹に「じゃあまた」と手を振り、通りに踏みだす。

智樹、引き受けてくれたよー。そう瑛人にLINEを送るつもりでスマホを取りだしたとき、赤いスポーツタイプの車が視界の端に映った。車は緩い速度で昴流を追い越すと、路肩に停車する。ほぼ同時に窓が開き、杏子が顔を覗かせた。

「乗っていきなさいよ。送るわ」

「……えっ？」

反射的に歩道を見まわし、杏子が声をかけた相手がまちがいなく自分だということを確かめる。

「えっと、大丈夫です。すぐそこなんで」

「遠慮しなくていいのよ。あなた、私の義理の弟なんだから」

そう言われても、杏子とはほとんど話をしたことがない。だからといって、頑なに辞退するのも不自然だ。結局、「じゃあお言葉に甘えて……」などと言いながら、助手席に乗り込む。

「みやのでいいの？　それとも自宅のほう？」

「あ、みやのまでお願いします」

昴流の返事を待ってから、杏子が車を発進させる。

まったく想像していなかった展開なので、雑談のネタが思い浮かばない。居心地悪く尻をもぞつかせてばかりいると、杏子が言った。

「瑛人とは楽しく新婚生活を送ってるの？　そろそろ一ヵ月半くらいになるのかしら」

「は、はい。おかげさまで」

「そう、よかったわ。で、あれの使い心地はどう？　感想を聞かせてほしいわ」

　杏子がいたずらげな流し目で昴流を見てきたが、『あれ』とやらが何なのか分からない。眉根を寄せて頭を巡らせていたとき、「ほら、結婚のお祝いで私が贈ったあれよ」と言葉を添えられ、はっとした。

　男同士の営みに欠かせない、クリームとジェルのことにちがいない。たちまち濃厚なストロベリーの香りがよみがえり、顔からぼっと火を噴いた。

「とと、とてもよいものを、ありがとうございます。毎晩……ではないんですが、つつ、使ってま、ま……ま、すっ！」

　よし、なんとか言い切ることができた。羞恥心まみれの達成感を味わっていると、杏子が小さく肩を揺らす。

「あなた、子どもみたいな人ね。うそをつくならもっと上手につきなさいよ」

「い、いえ、うそじゃないです」

「いいのよ、ごまかさなくて。あのギフトはただのいたずらよ。顔合わせの席で茶番に付き合わされたから、ちょっとした腹いせ。あなたと瑛人が本当に使うなんて思ってないわ」

さらりと言われてしまい、どっと汗が出る。

いったいいつバレてしまったのだろう。瑛人が姉にだけは詳細を打ち明けていたのだろうか。昴流が首を捻っているうちに信号が青から赤へと変わり、車が停車する。

「それにしても、うそが下手なくせに思いきったことをしたわね。瑛人と結託して、愛してる、結婚しようって芝居を打つなんて」

なるほど、これは鎌をかけられている状態なのかもしれない。重ねてボロを出すわけにはいかず、真剣な顔を運転席に向ける。

「お芝居じゃないです。俺も瑛人も本気なので」

「芝居でしょ。分かってるのよ。だってあの子、中学生の頃からずっと同じ子に片想いしてるんだから」

すぐに言葉の意味が呑み込めず、「えっ……」と声を上げたきり、絶句する。

瑛人が誰かに片想いをするなんて似合わないし、ありえない。胸の真ん中に石のようなものが生まれるのを感じながら、「いやいやいや」とあえて明るい声を出す。

「ないですよ。だって中学のときも高校のときも、瑛人には彼女がいましたから。もうほとんど月替わりみたいなレベルで」

「知ってるわ。本当に好きな子とは付き合えないから、その子のことを忘れたくていろんな子と付き合ってたみたい。たいして好きでもない子と付き合うくらいなら、本当に好きな子と付き合うためにがんばればいいのに。あの子、ああ見えて内気なところがあるのよ。たぶん奥手の部類ね」

「奥手、ですか……」

知らなかった。モテまくりのせいで彼女をとっかえ引っかえするのが、十代の頃の瑛人ではなかったのか。真反対の姿を教えられたせいで、胸の真ん中で生まれた石がどんどん重くなる。

「あの、瑛人はその子のこと、まだ好きなんですか？」

「さあ。それは本人に訊いてみて。私が答えるのは野暮でしょ？」

信号が青に変わり、再び杏子がアクセルを踏む。

緩いカーブを曲がった先にみやのがある。だが見慣れた建物も名前を記した看板も、いまにも大泣きしそうな空に溶け込み、暗い灰色にしか見えない。

なぜ自分はこれほど動揺しているのだろう。重く響く胸の音を聞いているうちに車は駐車場へ入り、みやののエントランスの前で停車する。

「ありがとね」

杏子がふいに言った。

「え？」

「今日はあなたにお礼を言いたくて誘ったの。瑛人といっしょにお芝居をしてくれてありがとう。あれはひとりじゃできないお芝居でしょ？　くだらない茶番だって思ってたけど、あのお芝居のおかげで私はすごく生活がしやすくなったわ。いままでは町の人の目が気になって、満足に買い物もできなくて。私、弟と同じくらい内気なのよ」

杏子は微笑むと、後部座席に手を伸ばし、まどか堂の紙袋を摑む。そのなかから個包装の水羊羹を取りだすと、昴流に「はい」と差しだしてきた。

「おすそ分け。私、ここの和菓子、大好きなの」

「あ……ありがとう、ございます」

意外な人から意外な礼を言われ、心が温まったのは束の間だった。

杏子の車が遠ざかると、再び胸が苦しくなる。空はついに崩れ、大粒の雨が降りだした。


——瑛人、誰かに片想いしてるってほんと？

気軽な感じでそう訊けばいい。昴流は瑛人の友達なのだから。

頭では思うものの、瑛人を前にするとなぜか怖じ気づく。結局昴流が切りだすことができたのは、ともに夕食を終え、瑛人が明日の朝食の下準備を始めた頃だった。

「そ、そうだ、瑛人。今日、まどか堂で杏子さんに会ったよ」

「へえ、そうなんだ。俺には何も言ってなかったけどなぁ」

あの人、洋菓子よりも和菓子が好きなんだよねーなどと言いながら、瑛人がグリルの小窓を覗く。焼かれているのは塩鮭だ。これをフレークにして、おにぎりの具にするらしい。

「で、そのときに杏子さんと話したんだけど」

「うん――」

「なんか瑛人、片想いしてるんだって？　杏子さんがその、中学の頃から瑛人はずっと同じ子のことが好きなんだって言ってたから」

瑛人が初めて昴流を見る。わずかに空気が張りつめた。

おそらく瑛人にとっては、あまり訊いてほしくないことだったのだろう。思わず眸を揺らした昴流を救うように、瑛人が「あー」と間延びした声を洩らす。

「姉貴に言っとく。弟の秘密を勝手にしゃべるな、昴流が困ってたぞって」

やさしく牽制球を投げられた。だがここで退いてしまったら、晴れない気持ちで日々を過ごすことになる。こくっとひとつ唾を飲む。

「いや、杏子さんが悪いんじゃなくて、俺が気になっちゃったんだ。だって瑛人、中学のときも高校のときもいろんな子と付き合ってたじゃん。本当は誰かに片想いしてたなんて、俺は想像したこともなかったから」

瑛人はすぐに答えようとはしなかった。まるで昴流の声など聞こえなかったようにおもむろにグリルを開け、二つ並んだ塩鮭の焼き具合を確かめている。

やはり瑛人の気持ちを尊重して退くべきだったのかもしれない。自分の身勝手さに頬が赤らむのを感じていると、瑛人がようやく口を開いた。

「最初は気の迷いだって思い込もうとしたんだよ」

「え？」

「好きになったらかなり困る相手だったから、その子以外が俺の運命の相手でありますようにって賭けてたんだ。ま、結果的には誰ともまともに続かなくて、俺は適当につまみ食いをしてるようなチャラい男になったけど」

「そっか……。いろいろ悩んでたんだ」

「まあね。絶賛思春期中だったし」

相談してくれればよかったのにと、喉まで出かかった言葉を呑み込む。たとえ当時の瑛人に打ち明けられていたとしても、昴流では力不足だ。誰かを好きになったこともないくせに、瑛人にアドバイスはできない。

「じゃあ、その片想いの人が瑛人の運命の相手だったってこと？」

答えにくいことを尋ねた自覚はあった。だが瑛人はいともあっさり「うん」とうなずく。あまりにもあっさりしていたので、自分の耳を疑ったほどだ。

「そ、そうなの？　もう吟味（ぎんみ）の必要はなし？」

「ないよ。散々悩んで出した答えだし、俺は大学に通ってるときもその子のことばかり考えてたから。あ、言っとくけど、俺にとっての運命の相手がその子って意味で、その子にとっての運命の相手は俺じゃないと思うよ」

　意味が分からなかった。まばたきを繰り返す昴流を見て、瑛人がばつの悪そうな顔をする。

「振られたんだよ、俺」

「え、ええっ」

「告白できそうな流れになったから、流れに乗って言ってみたんだけど、だめだった。俺はただの友達で、恋愛対象じゃないんだってさ」

　瑛人が振られることなんてあるのだろうか。おどろきすぎて声も出ない昴流とは裏腹に、瑛人は言いにくいことを言えて吹っ切れたのか、笑ってみせる。

「ま、仕方ないよ。振られるのは想定内だったし、振られても好きなのは変わらないし」

「えっ、まだ好きなの？　瑛人を振ったような子だよ？」

「振られたくらいでどうでもよくなるんなら、最初から恋なんかしてないよ。ただ、そうだな……付き合えなくていいし、報われなくてもいいから、その子にはいつまでも好きでいることを許してほしい。この気持ちを捨てろって言われたら、たぶん俺は振られたときよりもつらくなると思う」

　自分の目許が歪んでいくのが分かり、咄嗟に下を向き、汚れてもいない床をスリッパの先で擦る。いったいどこの誰がこれほど瑛人の心を摑んだのか。だめでもともとのつもりで「ちなみに好きな子って誰？」と訊いてみたところ、案の定「ないしょ」と返された。

「さて、そろそろ焼けたかな。昴流、ほぐすの手伝ってくれる？」

「あ、うん」

焼きあがった塩鮭を互いに一切れずつほぐしていく。この鮭の身に醤油などで味つけすれば、鮭フレークの完成らしい。瑛人は続けてツナのマヨネーズ和えを作り始めたが、正直なところ、これ以上となりに立っているのが苦しかった。

「ごめん。俺、ちょっと出かけてくる。炭酸飲みたくなっちゃった」

「いまから？　野菜ジュースで我慢しろよ。冷蔵庫に入ってるから」

「んー。無理。今日はしゅわっと弾けたい気分なんだよね」

適当なことを言いながら、ローテーブルの上に投げていた財布を掴む。瑛人が何か言いたそうな顔をしていたので、言葉にされる前に「すぐに帰るから」と言い残し、小走りになって玄関へ向かう。

昴流が昴流のままでいられたのは、玄関を出るまでだった。

涙がぐっとこみ上げてくるのが分かり、急いでログハウスから遠ざかる。目の前の道をひたすら駆けて駆けて――息が苦しくなったところで足を緩める。

夕方から降りだした雨はすでに止んでいて、辺りには雨と木々の匂いのまじった空気が満ちていた。ところどころにある水たまりを避けながら歩き、「だよなぁ」と声に出して言ってみる。

「そりゃ好きな人くらい、いるって。もう二十四だし」

どちらかというと、瑛人の告白を聞いていたたまれなくなり、家を飛びだしてしまった自分のほうがおかしい。

そもそも瑛人と新婚さんごっこをしているのも、不本意な縁談を回避するためにとった手段であって、昴流と瑛人は本当のカップルではない。プロポーズも「好きだ」という言葉も、すべてお芝居。最初から分かっていたことだ。それなのにどうして瑛人の心に昴流の知らない誰かがいるということに、これほど打ちのめされているのだろう。

見上げると、雨上がりの空にぼんやりとした月が浮かんでいた。

瑛人がいつか使った、月の船という言葉を思いだす。昴流は当たり前のように瑛人と二人で船に乗っている様子を想像したのだが、瑛人の想像する船にはもうひとり、想っても届かない人が乗っているのだろう。そして昴流だけが船首に立ち、暗い夜空と向かい合っている——。

想像した光景があまりにもさびしくて、ついに涙がこぼれ落ちた。

小三の二学期から、昴流のとなりにはいつも瑛人がいた。いや、昴流が瑛人のとなりを必死になって陣取(じんど)ってきたのだ。だから瑛人に彼女ができるとやきもきしたし、さっさと別れればいいのにと、心のなかで思ったりもした。

もしかして昴流は一目惚れをしていたのかもしれない。九月一日にやってきた、やさしい王子さまのような容姿の転校生に。

瑛人、瑛人、瑛人――。

小三の頃からいったい何度、その名前を呼んだだろう。

瑛人にいちばん近い存在は自分なのだと、昴流は心のどこかで自負していた。それなのに瑛人の眸は昴流を通り越し、たったひとりの特別な誰かを追いかけていた。付き合えなくていい、報われなくてもいい、けれどいつまでも好きでいることを許してほしい――そんな悲しいほど一途な想いを抱くほどに。

「……俺、木端微塵じゃねーか」

道に飛びでていた枝葉を力任せに掴んでちぎる。夜を映した水たまりに緑の葉が散らばった。大事なものは失くしてから初めて気づくとよく言うが、まさにそういう心境だ。恋を恋だと知ったときにはすでに終わっていたなんて、うっかりにもほどがある。それほど自分は幼かったのだろう。

まるで迷子になったような気分だ。見知った道だというのに、右も左も分からない。瑛人の心の真ん中以外、昴流には行きたい場所がない。いまさらそれを知ったところでどうすればいいのか。濡れた目許を擦り、「瑛人のくそやろう」と言ってみる。涙のようにぽつんと、声がしじまに落ちた。

＊＊＊＊＊

「お兄ちゃん、なんかやつれてない？」

早苗に指摘され、「気のせいだろ」と仏頂面で答えておく。

やつれるのは当然だ。瑛人に片想いの相手がいると知ってから、気持ちの浮き沈みが激しい。

――昴流。好きだよ。ずっとずっと、俺は昴流が好きだった。

――俺は昴流がいるだけで幸せになれるから。

あの手の言葉はおそらく片想いの相手に向けたものだ。だからこそ瑛人は真剣な表情で口にできたのだろう。

新婚さんごっこという舞台で、誰かの代わりにされている――。

それに気づいてしまうと、いままでのように素直に怒ったり笑ったり呆れたりができなくなった。それでも多少の芝居はできるので、怒ったふりや呆れたふりをしてみたりする。芝居をしているうちに暗示がかかり、笑ってしまうこともある。ただそういうときは、あとになってひどく落ち込むのだが。

昴流は瑛人から告げられたたくさんの言葉を秘密の小箱にしまっていた。ただのがらくただと知ったいまですら、ときどき取りだしては眺めている自分がいる。たとえ偽物の言葉でも、瑛人は確かに昴流の名を呼び、昴流の目を見て言ったのだ。少しくらい本気がまじっているかもしれないと、期待するのをどうしてもやめられない。

（俺ってほんとばかだ。……ばかすぎる）

赤くなっただろう鼻の頭をごまかすために咳をして、ロビーを整える。

今夜は団体の宿泊の予約が入っているので、心を乱している場合ではない。団体は団体でも、アメリカからの団体客だ。

困ったことに、昴流はあまり英語が得意ではない。早口でしゃべられると聞きとれないし、聞きとれた場合でも、頭のなかで英文を組み立ててからでないと応えられない。母と早苗と数人の従業員はかろうじて英語での日常会話ができるものの、父は昴流と同じレベルだ。

この状態で果たして三十人近くの外国人をトラブルなく一泊させることができるのか。「厳しいだろうなぁ」と瑛人に不安を洩らしたところ、「だったら手伝いに行こうか？」と言ってくれた。

「えっ、いいの？」

「その日は日勤だから、行こうと思えば行けるよ。ただ、チェックインの時間はまだ勤務中なんだよな。夜になっても構わない？」

「全然大丈夫。めっちゃ助かる」

——ということで、今夜は瑛人が来てくれる。瑛人は英語だけでなく、フランス語も中国語も堪能なので、強力な助っ人になるだろう。

（やっぱ瑛人はやさしいよな。なんでもできるし、かっこいいし。そりゃ好きにもなるよ）

少し気持ちが浮上したところで、宿泊客のやってくる時間になった。チェックインのスタートは夕方の四時なのだが、たいてい五時から六時の間に集中する。アメリカからの団体客もまさにその時間帯にやってきた。

「いらっしゃいませ。みやのにようこそ」

フロント業務は父と英語のできる従業員に、部屋への案内は母と早苗たちに任せ、昴流は駐車場の整理を担当することになっている。それにしても、外国人というのはなぜこれほど体格に恵まれているのか。全員が男性客なので、圧迫感も半端ない。大型バスですら窮屈に見えてしまうほどだ。

「遅くなってごめん。大丈夫だった？」

瑛人がみやのにやってきたのは、宿泊客のチェックインがすべて終了し、次は板場が忙しくなる時間帯だった。「うん、なんとか」と応え、さっそくみやのの法被を羽織ってもらう。

「瑛人には、俺といっしょに男湯の番頭係をしてほしいんだ」

「了解」

食事の配膳は、母と早苗たちがいればなんとかなるだろう。大浴場と露天風呂はＭＩＳＡＫＩと同じく二十四時でいったん閉めるので、二十四時までが山ということになる。危惧したとおり、温泉に入るときのマナーを知らない客もいて、慌てることも多々あったのだが、瑛人が流暢な英語でうまくフォローしてくれた。

「やっぱ英語って大事だよな。俺もしゃべれるようになりたいよ」

「昴流は昔から英語が苦手だったもんな。ＭＩＳＡＫＩは英会話の社内講習があるから、大半のスタッフがしゃべれるよ」

「まじで？　ちゃんとしてるんだな」

入浴する客が途切れると交わすやりとりに癒され、次第に気持ちが明るくなっていく。

結局昴流は瑛人のとなりという立ち位置を捨てる気などないのだ。たとえひとりきりのときにどれほど落ち込んだとしても、瑛人と少し言葉を交わすだけでチャラになる。だからといって、これ以上瑛人に心を寄せても、つらくなるだけだということも分かっているのだが。

（恋って複雑なんだな。単純な俺には難しいや……）

これからも鬱々としたり浮上したりの日々を繰り返すのだと思うと、気が遠くなる。人知れず息を吐きだしたとき、父が顔を覗かせた。

あれから瑛人は何度かみやのの風呂掃除に来ているので、父ともすっかり打ち解けている。

「瑛人くん、すまねえな。いつも助けてもらって。一山越えたからしまってくれて構わねえぞ」

「お役に立ててよかったです。ではぼくはこれで」

腕時計を覗くと、いつの間にか二十三時になろうとしている。あとは昴流たちだけで大丈夫だろう。少しの間、父に番頭係を頼み、瑛人を見送るべく、本館の廊下を通って玄関へと向かう。

「ありがとね、瑛人。ほんと助かった。今度は俺がＭＩＳＡＫＩに手伝いに行くから、なんかあったらいつでも声かけて」

「了解。昴流とうちで働けたら楽しいだろうな」

そんな会話を交わしながら歩いていると、向こうから数人の外国人の客がやってくるのが見えた。大浴場へ向かっているのだろう。瑛人と二人、廊下の端に寄り、微笑をたたえて見送るつもりだったのだが、昴流を視界に捉えたひとりが「ＯＨ！」と声を上げる。あっという間に体格のいい男たちに囲まれ、ハイテンションな英語で話しかけられた。

そう早口ではなかったので、昴流でも聞きとれる。酒の臭いのまじった声で「キュート！」を連発され、たじろいだ。彼らは執拗に昴流を大浴場に誘おうとしている。少々卑猥な言葉で、『好みのタイプだ』『君のような子にサービスされたい』『チップは弾むから』と。

（な、なんで俺なんだよぉ……）

さすがに愛想笑いが引きつったが、仲居が絡まれることを思えばたいしたことではない。問題は自分の語学力のなさだ。

（ええっと、こういうときは――）

『申し訳ございません、私どもの宿ではそのようなサービスは致しかねます』

昴流がまさにいま、頭のなかで組み立てようとした英文を瑛人が口にする。続けて瑛人が何か言ったものの、昴流には聞きとれなかった。男たちには通じたようで、英語でのやりとりが

みやの
みやの
みやの

始まる。けれど次第に男たちの語気が強まっていくのを感じ、困惑した。

「瑛人、どうしたの？　困るよ、騒ぎは」

「俺は『酔ってるのなら、入浴は控えたほうがいい』って言っただけだ。彼らは『このかわいい子に介抱(かいほう)してもらうから構わない』『この子が部屋に来てくれるなら、部屋に戻ってやってもいい』って言ってる」

「ええっ……」

思わず半歩後ずさりしたとき、瑛人が彼らに向かって毅然(きぜん)とノーを伝えた。

『この子は私の大事な人だから、誰の部屋にも行かせられない。私たちは結婚しているんだ。信じられないのなら、宿のスタッフ、もしくは町の人に尋ねてみたらいい。私たちが誓い合っているカップルだということは、皆知っている』

昴流にも聞きとれるように、瑛人はわざとゆっくり言ったのかもしれない。

瑛人は「まちがってないよな？」と昴流に笑いかけると、あろうことか昴流の腰を抱き寄せ、こめかみに唇を押し当ててきた。昴流が目を丸くして肩を跳ねさせたのがおかしかったようで、男たちがどっと沸く。

『なんだ、この子はあんたのものだったのか。仕方ないな、だったら諦めるよ』

男たちが笑いながら踵(きびす)を返す。

酔客絡みのトラブルは、ままあることだ。騒動のうちにも入らない。実際瑛人は男たちの背中が見えなくなると、「びっくりしたな」とたいしておどろいてもなさそうな声で言う。

「昴流、俺がいなかったら無理やり連れていかれてたかもよ?」

うわ、それはやだな、と昴流が顔をしかめれば終わる程度の話でしかない。だがこのときはどうしても流せなかった。

「……ちょっと来て。いいから」

瑛人の腕を摑むと、玄関とは真反対の方向へずんずん歩く。

本館の端には物置がわりの小部屋がいくつかあるだけで、客室はない。辺りに人の気配がないことを確かめてから、キッとした眸を瑛人に向ける。

「なんでっ……なんでああいうことを人前で言うんだよ!」

「ああいうことって?」

「お、俺の大事な人だからとか、俺たちは誓い合ってるカップルだとかっ」

湧きあがる苛立ちが昴流の声を震わせる。けれど瑛人には、昴流が腹を立てている理由など分からないだろう。分かるはずがない。乏しい明かりのなか、瑛人は怪訝そうに瞬いている。

「俺は昴流が絡まれたから助けただけだ。丸く収まったんだからいいだろ」

そうだ、そのとおりだ。頭では納得しているものの、どうにも気持ちが治まらず、「全然よくねえよ!」と吐き捨てる。

「だって、全部うそっぱちじゃねえか! 瑛人には好きな人がいるんだろ⁉ 新婚ごっこにかこつけて、俺に心にもないことを言うのはやめてくれ。俺はそういうのに不慣れだから、もしかして瑛人は本気なのかなって勘ちがいしちまうんだ！」

どうしても手放せなかった瑛人からの言葉の数々を、秘密の小箱ごと叩きつぶす。そうでもしなければ、今夜のこともきっとまた昴流の心を乱す種になる。人前で堂々と愛情を告げられ、こめかみにキスまでされたのだ。

「瑛人は俺をばかにしすぎだ。好きとかそういうことは、好きな人に言えよ。その人に言えないんなら俺にも言うな。口説き文句は、口説きたい相手に言うもんだろ」

強張った声で言いながら、視野が滲んでいくのを感じた。

急にぶち切れた上に泣くなんて、滑稽にもほどがある。顔をしかめて目を逸らし、まぶたを掻きむしる。

「——なるほど。そんなふうに思ってたんだ」

やっと聞こえた瑛人の声には、苛立ちがまじっていた。

怯まなかったといえばうそになる。だがいまさら軌道修正はできず、強気なふりをして眉根を寄せる。

「何。俺、まちがったこと言ってる？」

「まちがってるよ。俺は心にもないことなんか、昴流に一度も言ったことはない。俺は新婚ごっこにかこつけて、好きで好きで大好きすぎる人に好きだって言ってるだけだ」

怒っているような口調だったので、反射的に「はあ？」と返してしまった。

とても重大なことを告げられた気がする。――が、胸にはまだ苛立ちが残っていて、冷静に瑛人の言葉を吟味できない。瑛人は瑛人で、初めから昴流の反応など待つつもりはなかったのだろう。瑛人にしてはめずらしく乱暴な所作で、昴流の体を壁に押しつける。

「俺の好きな相手、誰だと思ってたんだよ。俺はただの友達に告白してプロポーズして、他に好きなやつがいるのに喜んで新婚ごっこをするようなばかなのか？」

やはり瑛人の言葉を吟味できない。心臓がせり上がってくるのを感じながら、挑むような目をした瑛人に釘づけになる。

「今夜は謝らないからな」

短い宣言のあと、瑛人が顔を近づけてくる。

この顔なら一度見たことがある。薔薇の花の浮かぶ湯で、昴流に迫ってきたときの瑛人だ。友達ではなく、男の顔をしていた瑛人――。

昴流が目を瞠っているうちに、唇と唇とが触れ合った。

初めての昴流にも分かる。これはキスだ。悪乗りの結果でもなければ、互いにうっかりして唇と唇をぶつけてしまったわけでもない。どんな言い訳もできない、キス。深く重なり、昴流の舌も息も吸い尽くそうとする瑛人の唇を感じる。

「……っ……」

逃げても絡んでくる舌に翻弄され、膝が震えた。力の抜けた体を、瑛人の腕が支える。けれどそれは口づけの間だけで、唇が離れると、瑛人の腕も離れていく。ずるずると壁伝いにへたり込んでしまった昴流を瑛人が見おろす。瑛人の顔には夜の陰影がかかっていて、表情までは読みとれない。

「帰る。明日も仕事だから」

いや、待てよ。言葉は声にならず、踵を返す瑛人を呆然と見つめる。

瑛人の背中が見えなくなってから初めて、自分の手を唇に持っていく。じんじんするほど熱いと感じるのは、気のせいだろうか。なかなか立ちあがる気になれず、暗がりの一点を意味もなく見つめる。

ようやく混乱してきた。

結局、その夜は徹夜勤務になってしまい、昴流が新居に帰宅したのは翌朝だった。

瑛人はすでに出勤したようで姿はなく、ダイニングテーブルにはひとり分の朝食が残されていた。『朝メシです』というメモ付きで。

こういうことをしてくるから、また瑛人のことを好きになる。

今日は休みになったので、昴流が瑛人の帰りを待つ番だ。とりあえず午前中は寝そびれた分を取り戻し、午後は食材を買いに町に出た。たまには嫁役らしいことをしておかないと、ばちが当たる。中学生のときに学校の野外活動でカレーを作ったことを思いだし、記念すべき嫁業初の夕食はカレーに決めた。

だが、瑛人は夜の八時になっても九時になっても帰ってこない。

想定の範囲内だ。昴流が瑛人の立場なら、どんな顔をして帰ればいいのか分からず、小一時間は悩む。仕方ないので『瑛人とちゃんと話がしたい。帰ってきて』とＬＩＮＥする。

既読がついただけで返事はなかったものの、ＬＩＮＥを見たのなら、瑛人は帰ってくるだろう。長年の友人だから、そういうところはなんとなく分かるのだ。早く瑛人の顔が見たかったので、ウッドテラスで待つことにする。

いまはもう葉だけになった藤の枝ぶりを眺めていると、瑛人の車が山道を登ってくるのが見えた。やっぱりなと思い、くすっと笑う。

昴流がウッドテラスにいることは駐車スペースから見えるはずなので、特に立ちあがったり手を振ったりはしない。案の定、瑛人は駐車スペースに車を停めると、まっすぐウッドテラスにやってきた。

ここのところ、昴流のほうが帰宅するのが遅かったので、久しぶりに仕事着の瑛人を見た気がする。ジャケットを持ち、白いシャツと黒いベストという出で立ちだ。相変わらずかっこいいなと思いながら、体育座りのまま、「おかえり」と声をかける。ただいまという返しはなかった。

「何やってんの。こんなところで」

「待ってたんだよ。瑛人を」

「ああそう」

素っ気なく返されたが、冷たい響きはしなかった。瑛人はどことなく決まりの悪そうな表情で、昴流と目を合わそうとしない。だからといって、昴流を置いて部屋に入ろうともしない。

結局観念したのかウッドテラスに上がり、昴流のとなりに腰を下ろしてくる。

「おかえり」

もう一度言うと、今度は「ただいま」と返ってきた。

「瑛人。俺になんか言わなきゃいけないことがあるんじゃないの？」

返事がない。瑛人は立てた膝の上で頬杖(ほおづえ)をつき、そっぽを向いている。

「俺はちゃんと聞きたいんだよ。瑛人の口から。昨夜は喧嘩(けんか)っぽくなっちゃったし、昨夜よりも前に聞いた言葉は、新婚さんごっこの舞台上だったから、俺的にはちがうと思うんだよね」

「……別にちがわねーよ」

「ちがうよ。だって瑛人、ちゃっかり逃げ道を用意してたじゃん。冗談にも聞こえるような感じでさ、いつも。ちなみに交際宣言とプロポーズも俺的にはちがうと思ってる。観衆がいる時点でエンタメだし、言葉もよそいきだったから」

となりから太いため息が聞こえた。

「どうせならなかったことにしてくれよ。俺は二回も振られたくない」

二回も？　と訊きかけてやめた。

瑛人の記憶にある一回目とは、藤の花の咲くこのテラスで、告白もどきのお手本を見せてきたときのことだろう。あのとき、確かに昴流は瑛人を振った。そのあと、瑛人に茶化されて腹が立ち――くすぐる昴流の手から逃げながら、瑛人が目尻に浮かべた涙は、笑いすぎたせいで浮かんだものではなかったのかもしれない。

意外に繊細だ。知らなかった一面を知り、またひとつ好きになる。

「二回も振られるとは限らないだろ。あれから結構日にちが経ってるし」

「どう関係あるんだよ。挽回できることなんかしてねーのに」

「あってもなくても、瑛人は俺にちゃんと言わなきゃだめだと思う。俺がこんなふうにせっつかなかったら、どうするつもりだったんだよ。こっちは最初の交際宣言とプロポーズのときからずっと瑛人に振りまわされてんだから、少しは責任とってよ」

また、ため息が聞こえた。

とはいえ、一応腹を括ったらしい。瑛人は「くそう」とうなじを掻きむしったり、両手で顔を覆ったりしつつ、やっと体ごと昴流のほうを向く。

「三十秒待って。心の準備をするから」

「長いよ。十五秒にして」

「鬼だな」

緊張しているのが分かるような顔つきだ。瑛人は静かに息を吐くと、額(ひたい)にかかる前髪を両手でかき上げる。

「俺はずっと、昴流が好きだった」

「うん――」

「正直、いつからとか覚えてない。きっかけも特になかったと思う。昴流の、喜怒哀楽(きどあいらく)のどの感情も一直線なところが好きなんだ。俺は人前でそこまで自分をさらけだせないからすごく魅力を感じるし、昴流のそういう性格に救われたこともたくさんある。さすがに同性で友達はまずいだろと思って、いろんな女の子と付き合ってみたけど、全然だめで」

少し声が震えているせいか、瑛人の言葉はまるで涙のようだった。

心の裂け目からつっと一滴、また一滴とこぼれる涙。気が遠くなるほど昔から、瑛人が心にためていた涙だ。「うん」とうなずき、両手でしっかり受け止める。

「楽しいなとか、幸せだなとか、そういうプラスの感情を抱くときって、必ず昴流といっしょにいるときなんだ。俺は少しでも長く、どんな形でも構わないから昴流のとなりにいたいと思ってる。昴流とする新婚さんごっこも、俺にとっては夢みたいな毎日だったんだ。昴流の旦那役なら、昴流のことが好きだって堂々と言っていいわけだし。確かに俺は冗談にも聞こえるような感じで言ってきたけど、うそはひとつもまじってないよ」

瑛人は自分の言葉にうなずくと、「――終わりです」と丁寧に頭を下げる。

両親のいる場でされたプロポーズよりも瑛人らしくて心に響く。どんな形でも構わないと思っていたからこそ、瑛人は早苗と結婚して昴流の義弟になることを検討したのだろう。スパダリを目指して家事を一手に引き受けたことも、昴流の父と距離をつめようと懸命になっていたことも、昴流への恋心から来る行動だったのかもしれない。

何よりも、新婚さんごっこをしているときに告げられた言葉の数々が、すべて瑛人の本心だったということがうれしい。昴流が秘密の小箱にしまっていたものは、何ひとつがらくたではなかったのだ。

じんと胸が熱くなるのを感じながら、今度は昴流が瑛人の前でかしこまる。

「返事をする前にちょっと確かめたいことがあるんだけど、いい？」

「何」

「目、瞑っててほしいんだ。十秒くらいでいいや」

「は？　なんで。超怖いんだけど」

「怖くないって。確かめるだけだから」

嫌そうに顔をしかめる瑛人に、「いいからいいから」とにじり寄る。

「んだよもう、勘弁してくれよ――」

恐る恐るといったていで瑛人が目を瞑る。よほど警戒しているのか、眉間に皺を寄せたままというのがおかしい。小さく笑い、瑛人の頬をそっと両手で挟む。

昨夜のキスは突然すぎてよく分からなかった。

端整な顔を三秒ほど眺めてから、ゆっくりと瑛人の唇に自分のそれを触れさせる。

（ああ、やっぱり――）

唇が重なった瞬間、頬がふっと粟立ち、鼓動が早鐘を打ち始める。不快な思いは微塵も感じない。やわらかな唇の感触や、かすかに伝わる体温が愛おしくて、いつまでも唇をくっつけていたくなる。

どうせなら、体もくっつけてしまいたい。瑛人の肩に腕をまわしかけたとき、瑛人が目を開けていることに気がついた。

薄目どころの話ではない。切れ長の眸はこれ以上ないほどに見開かれている。

「ちょっ、なんで開けるんだよ。目、瞑っててって言ったのに」

「いや、開けるって。つうか、何！」

これほどうろたえる瑛人を初めて見た気がする。めずらしく頬を上気させているし、まばたきの数も多い。そのくせ、眉間にはきつめの皺を寄せ、「なんだったんだよ、いまの！」と昴流に迫る。

「キスだよ。自分だってしたじゃん。もっとすごいやつ」

「や、したよ。したけどさ――」

「確かめたんだ。俺にとって瑛人は友達なのか、それ以上なのか」

きっと恋にはいろいろあって、友達のようにただとなりにいるだけで満たされる恋もあれば、深く抱き合わなければ満たされない恋もあるだろう。もし昴流の恋が前者だとすると、おそらく瑛人の想いとはつり合わない。だから自分の恋は、れっきとした恋にカテゴライズされるものなのか、はたまた、友情が少し変化しただけの親愛の情なのか、確かめてみたのだ。

「俺、瑛人に恋してる」

たったいま確信した想いを言葉にすると、瑛人があからさまに目を瞠る。

「たぶん、新婚さんごっこをしてるうちに瑛人に口説き落とされたんだと思う。だってあれだけ好き好きって言われたら、やっぱり意識しちゃうよ。もともと瑛人のことは友達として大好きだったし。だけど本当はもっと前から瑛人に恋してたのかなって思ってみたりもする」

目の前の瑛人の姿が、小三の九月一日に転校してきた瑛人の姿と重なる。

あの日の瑛人も、戸惑った面持ちで昴流を見ていた。早く瑛人を笑顔にしたくて、誰よりも仲よくなりたくて、まったくお構いなしに距離をつめていこうとした、自分のまっすぐな気持ちを思いだす。

「もう昔すぎて確かめようがないけど、瑛人が転校してきたとき、俺は瑛人に一目惚れしたのかもしれない。瑛人にはめっちゃぐいぐい行ったからね。きっと捕まえたかったんだよ。女の子よりも先に、王子さまみたいな瑛人を」

　だから瑛人が早苗の夫になることを想像したとき、あれほど嫌だったのだろう。いまになってようやく気づき、ふふっとひとりで笑う。

「俺は瑛人のいちばんになりたいよ。友達でもいちばんで、恋人でもいちばんがいい。瑛人をひとり占めしたいんだ。昔っから瑛人が女の子としゃべったり仲よくしたりしてるのを見るの、ほんとに嫌だった。瑛人が誰かと結婚するのも、死ぬほど嫌。俺は欲張りで、やきもちやきなんだ」

　瑛人がふっと目を逸らす。気まずくて逸らしたというより、照れくさくて逸らしたような感じだ。頬も口許もうれしそうにほころんでいる。

「昴流はとっくに俺のいちばんだよ。もうずっと前からいちばんだ」

「ほんと?」

「ちなみに欲張りなのも、やきもちやきなのも大歓迎」

　瑛人が昴流に手を伸ばす。拒む気は毛頭なかったので、自然と抱き合う形になった。長年の友達でも、瑛人とぴったり体をくっつけるのは初めてだ。瑛人が眩しそうに目を細め、腕のなかの昴流を見つめる。

「なんか夢みたいで、めっちゃどきどきする。……どうしよう、夢だったら」

「びっくりした?　俺も昨夜瑛人にキスされたとき、超びっくりしたんだよ」

互いに笑みをたたえた表情で、どちらからともなく唇を近づける。

舌と舌とが触れ合ったときに、頬がぽうと熱くなるのが心地好い。うまく息ができなくて昴流が身を捩らすと、瑛人はちゃんと追いかけてきて、唇だけでなく下顎にも喉にも口づけてくる。好きだよ、好きだよと言われているようでうれしい。

「瑛人。今日を記念日にしようよ。顔合わせの日じゃなくて」

「だな。俺も今日がいい。今日にしよう」

瑛人とはつがいの親鳥のように友情という名の卵を守ってきた。今日はその卵から恋という名の雛が生まれた記念日だ。二人で大切に育てていけば、来年の今日も再来年の今日も、今日と同じくらい幸せな日になるだろう。

「あ、そうだ。カレー作ったんだ。食べてくれる？　人参はごりごりで、じゃがいもはどろどろだけど」

「んだよ、それ。食えんのかよ」

口では言いつつも、まちがいなく食べるだろうなと確信できるような笑顔だ。

「ちなみにごはんは、おかゆみたいになっちゃった」

「も、なんで」

瑛人が笑いながら、昴流の耳に食みついてくる。「だめだめ、それ、くすぐったい」と昴流も笑う。

あとひとつ、言いたいことがある――。

こっそり唾(つば)を飲んでから、瑛人を窺う。

「あのさ、今夜からいっしょに寝ようよ」

瑛人が小さく息を呑み、とってつけたように苦笑する。

「それって、俺に襲われても構わないってこと?」

この返しは二度目だ。たぶんわざとだろう。瑛人の心にはまだ少し、報(むく)われない片想いの苦しさが残っているのかもしれない。

「そうだよ。俺は欲張りだから、早く瑛人を自分のものにしたいんだ」

「――――」

目の前の眉間が切なげに歪(ゆが)む。

強く抱きしめられたあとに降りてきた口づけは、今夜でいちばん深いものだった。

ひとりで使うには広いと思っていたダブルベッドだが、瑛人と二人で上がると、そうでもない。むしろ狭いくらいだ。

なんとなくはずかしくて端のほうに寄っていると、「落ちるよ?」と瑛人に引き戻された。

そのタイミングでパジャマがわりのTシャツを脱がされ、鼓動が跳ねる。瑛人もTシャツを脱いだので、二人とも上半身裸になった。

照明はそれなりに暗くしているものの、暗闇ではない。露天風呂で初めて瑛人の裸を目にしたときと同様に、ごくっと喉が鳴る。

「瑛人って、男っぽい体してるよね」

「そうかな」

「うん、男っぽい。どきどきする」

恋をすると、どきどきすることが増えて大変だ。しっかりした肩幅もきれいに割れた腹筋も、昴流にはない。どこに目をやっていいのか分からず、目をしばたたかせていると、瑛人にやんわりとのしかかられた。

「俺だってどきどきするよ」

素肌の胸と胸とが触れ合い、「あっ……」と細く声を上げる。

「初めて昴流と風呂に入ったとき、やばかった。昴流は脱ぐと、頼りない感じになるんだな。なんかすげーかわいかったし。あれは努力も無駄になる」

最後のほうは独り言だったのかもしれない。「努力って？」と訊いても、瑛人は答えない。

「んー」と含み笑いをしながら、昴流の鎖骨(さこつ)に口づけてくる。

「言いにくいことを言わそうとするなよ。なんとなく分かるだろ」

「いや、分かんないから訊いてんの」

「分かるって」

言いながら下へ滑っていく唇に、あっという間に鼓動が速くなった。

瑛人は昴流の胸に顔を埋めると、乳暈を舌で辿り始める。平たくて薄い、まったく冴えない胸だと思うのだが、瑛人にとってはそうではないらしい。「めっちゃかわいい……」とため息のような声で言い、まだやわい肉の芽に吸いついてくる。

「んっ、あ」

唇に吸いつかれるのとはまたちがった感覚だ。下肢の中心が熱くなっていく気配に、たまらず眉間を甘く曇らせる。瑛人は昴流の乳首をこりっとした肉粒のようにすると、今度はとなりの乳首を愛し始める。

「分かった？　さっきの答え」

「……っ……」

唾液で濡らした乳首をくりくりといじりながら訊かれても、思考は散る一方だ。分からないという意味でかぶりを振り、瑛人の頭をかき抱く。その拍子にやわらかな髪が肌に触れた。敏感になりつつある体はそれすらも愛撫と受け止めたらしく、ひくんと喉が震える。

「だから、昴流といっしょに風呂になんか入ったら、ぜったい興奮するのが分かってたから、興奮しないように処理して臨んだってこと」

「あ……」

「だけどもじもじしてる昴流がかわいくて、我慢できなくなって、結局自分の努力を無駄にしちまったって話」

そういえばあの夜の瑛人は、タオルがないだの着替えを忘れただのと言い張り、昴流から一度離れたのだ。少々時差はあるものの、瑛人のほうも昴流と同じく途方に暮れていたことを知り、なんだかうれしくなった。けれど告白もなしにちょっかいを出されたことに変わりはないので、くるっと体を丸め、「瑛人、やらしい」と言ってやる。

瑛人が高揚(こうよう)気味の表情で、ふっと笑った。

「やらしいよ。男だし大人だし、いまだって昴流をどんなふうに抱こうかってそればっか考えてる――」

まさか横向きになったのがよくなかったのか、すぽんと短パンを脱がされた。ボクサーパンツもいっしょになって短パンについていき、さすがに「わっ」と声が出る。

「ちょちょっ、早くない?」

「我慢して。三回目以降は昴流のペースに合わせるから」

「さ、三回目以降って」

突っ込みを入れかけたところで、左右の脚を割られた。

困ったことに、すでに昴流は萌(きざ)しかけている。乳首をちゅくちゅくされるの、全然嫌じゃありません――と、キリッとした顔で告げる欲の根の姿を、瑛人に見られてしまった。

ああもう……と息を吐きだし、両手で顔を覆う。

「お願い、瑛人。真っ暗にして。見るのナシ」

「無理。見せて」

脚を閉じようとしたものの、しっかり押さえられていて叶わない。顔を覆っていても、瑛人がこの昂ぶりをくまなく観察しているのが伝わる。なんだか唾を飲む音まで聞こえてきそうな雰囲気に、目許が熱くなる。

「もう濡れてんだ。やば……かわいい」

あきらかに興奮している声で瑛人が言い、昴流の幹に手指を絡めてくる。

宿った熱と硬さを確かめるように最初はやさしく、次第に根元から先端へと緩急をつけて扱かれ、「あ、あ、あっ」と声を上げながら身を捩らせる。

自分以外の手がこれほど気持ちいいなんて知らなかった。ときどき陰嚢を包まれるともうだめで、体がふっと宙に浮くような錯覚を起こしてしまう。

「っふ、ん……あ、はぁ」

「もったいないな、こんなに――」

瑛人の声は途切れてしまい、何を惜しんでいるのか分からない。熱に浮かされた眸を向けると、「舐めるのってあり？」と訊かれた。

どこを？　と訊く前に「ちょっとだけだから」と瑛人が言い、背中を丸める。

「え、ちょお……ええっ」

性器の蜜口にたまった雫をちゅっと音を立てて吸われ、魚のように体が躍った。続けて瑛人の舌は、幹に絡んだ先走りの露も舐めとっていく。

昴流を気持ちよくさせたいというよりも、瑛人自身がしたいようだった。幹を拭い終える頃には再び蜜口に露がたまり、やはり瑛人がうれしそうに吸いとる。

「そ、それ、おいしいの……？」

「おいしいよ。昴流のだから」

唇を横に引いた瑛人が、また昴流の雄の根を扱き始める。焦らすつもりはさらさらないようで、増した速度に体中をかき乱された。湧きあがる快感がまぶたの裏に光を弾けさせ、湿った喘ぎが迸る。

「瑛っ……ぁあ、だめ、出そう……！」

「いいよ、出して。昴流がいくとこ、見たいから――」

せがむ声が甘くかすれていて色っぽい。瑛人のこんな声を聞くのは初めてだ。互いに初めての姿をさらしていることに興奮し、腕を投げだして己の限界を受け入れる。瑛人の目の前で白濁が淫らな弧を描き、飛び散った。

「昴流はやらしいな。俺の前でこんなに飛ばして」

瑛人は昴流の肌に散った飛沫のねとつきを確かめながら、どこか満足そうな声で言う。

「……瑛人がやらしくなるようにしたんだろ」

なんとか言い返したものの、快感の余韻が深くてうまく舌がまわらない。胸を大きく上下させて荒い息をついていると、瑛人の手で体を横向きにされた。当然のように双丘(そうきゅう)の肉を割られ、後孔(こうこう)をさらされる。

「も、待ってってば。いましんどい」

「まだ何もしないよ。少しいじるだけ」

言いながら、瑛人がベッドヘッドに手を伸ばす。

「昴流のお気に入り、どっちだっけ？」

何を訊かれているのか分からず、顔を上に向ける。

見覚えのある二つの瓶(びん)が視界に入り、頬がカッと熱くなった。ベッドヘッドは普段使っていないので、そこにそれがあることを忘れていた。瑛人の姉から贈られた結婚祝いのギフト、すなわち尻の孔(あな)をゆるゆるにするクリームだ。

「いちごの香りがするやつは右側」

早口で答えてから、がしっと枕を抱きしめる。

「それ、使うの？」

「使うよ。昴流にきつい思いをさせるのは嫌だから」

「ど、どうやって使うわけ？」

「どうって、俺が心を込めてやさしく塗りますよ？」

わざわざ丁寧語で言ったわりには、瑛人の口許は分かりやすいほどほころんでいる。

「やだよ。にやつきすぎだし、瑛人」

「じゃ、自分でやわらかくしてみる？」

なるほど、そういう選択肢もあるのか。けれど、瑛人の前でひとり尻を突きだし、後孔の奥にまでクリームを塗る自分の姿を想像し、すぐに答えが出た。

「む、無理っ。やっぱ瑛人がして」

あはは と笑われてしまったが、無理なものは無理だ。

枕を抱きしめたまま、瑛人に尻を向けて目を瞑る。瓶の蓋(ふた)を開けたのか、ストロベリーの香りが漂った。いよいよかと思うと、胸を叩く音が強くなる。

「あ……っ」

ぬるっとしたものを、大事なところに塗りつけられた。

ひんやりしたのは一瞬で、すぐにじんわりとあたたかくなっていく。鼻の頭にこれをのせてみたときと同じ感触だ。もしかして媚薬(びやく)めいた効果もあるのかもしれない。瑛人は襞(ひだ)の上で円を描くように指の腹を動かしたかと思うと、指の先を後孔に埋(う)めてくる。

「ん、っ！」

痛さはない。だが後孔に指を穿(うが)たれたという衝撃に、思わず体を竦(すく)める。

「昴流。大丈夫だから力抜いて」

「うぅ……う」

瑛人のもう一方の手がなだめるように尻の丸みを撫でてくる。時折、尾てい骨にちゅっと口づけられ、次第に体がほどけていった。力が抜けると心の強張りも解け、体のなかでうごめく瑛人の指をまぶたの裏で追いかける。

入り口からじょじょに奥へ――上下左右の肉壁を愛撫しながら、瑛人の指が進む。

刺激を受けているのは昴流のほうなのに、瑛人が度々切なげな吐息を洩らし、昴流の尻の膨らみに唇を押し当ててくるのがうれしい。自分にはそれなりに、瑛人を昂ぶらせることのできる要素が備わっているようだ。

「すごいな。こんなに狭くて……熱い」

「ふ、ぅ……んっ、はぁ」

一度指を引き抜かれ、クリームを足された。

再び瑛人の指が押し入ってきたが、先ほどとはどうも感覚がちがう。指の数を増やされたのかもしれない。苦しいような、じれったいような、じわりじわりと忍び寄る快感の兆しを見つけてしまい、眉根を寄せて喘ぐ。いつの間にか昴流の肉芯は張りつめ、シーツに飛沫を飛ばしていた。

「も……しようよ。なんか俺、変――」

「待って。奥のほうがまだ硬いから」

「無理……はや、く……だって、いきそう……っ」

一度ならともかく、二度も自分だけ達してしまうのは嫌だった。恋人になって初めての夜なのだから、瑛人にもちゃんと気持ちよくなってほしい。早く早くと喘ぎまじりの声で訴えながら、ねだるように尻を左右に揺する。

「どうして昴流はこうも予想外なことを――」

自分でもまさか半泣きになりながら、瑛人に性交をせがむことになろうとは思いもしなかった。瑛人が慌ただしくジャージの下を脱ぎ捨て、昴流の腰骨を引き寄せる。

「挿れたあとで、やっぱ抜いてってのはナシだからな」

瑛人の言葉に忙しなくうなずきながら、尻を持ちあげる。

辺りに漂うストロベリーの香りのせいか、張りだした亀頭を後孔にあてがわれたとき、大きなキャンディーが思い浮かんだ。いちご味のビッグキャンディー。とても頬張れないサイズのものを「んぐっ」と頬張り、肉壁で包み込む。

「しんどい？　大丈夫？」

「ん……めっちゃおいしい……」

「え？」

「まちがえた。……っあ、平気」

本当はしんどいし、苦しい。だが瑛人と体を繋げた喜びのほうが大きかった。

いま、瑛人がこのなかにいる。媚肉(びにく)をこそげるようにして進むのも、先走りの熱い滴(したた)りを肉壁になすりつけるのも、瑛人の男の部分だ。友達という関係では知ることのできなかった瑛人を味わっているのだと思うと、言いようのない興奮に体が沸いた。

「あぁ……瑛人、瑛人……」

目の前に吸いつける唇がないのが物足りない。それでも顎を持ちあげ、せがむようにぱくぱくと唇を動かす。同時に立てた膝が小刻みに震え、ぴしゃっと勢いよく熱いものが腿(もも)の内側に飛び散った。

(……え、うそ……)

挿入されたばかりだというのに、達してしまったらしい。濡れた股座(またぐら)をしばらく見おろしてから、おずおずと顔を後ろに向ける。

「もう出ちゃった」

「――――」

瑛人はなぜか真顔で、まばたきもしてくれない。

きっと落胆したのだ。とてつもない失態を犯した気になり、たちまち頬が赤くなっていく。

「だ、だって言ったじゃん。瑛人にお尻をいじられてるときから、俺はいきそうだったの！」

本当は瑛人といっしょに気持ちよくなって達したかったのだが、そう簡単にはいかないものらしい。情けなくて枕に顔を埋めていると、ビッグキャンディーがつるんと昴流のなかから出ていってしまった。

「ちょっ、なんでなんで？」

もういい、ということなのだろうか。

ひとりで慌てふためいていると、体勢を変えられた。腕を引かれ、あぐらをかいた瑛人の上に導かれる。否応なしに瑛人の男の部分——ぐっと反り返った男根が目に入り、さりげなく唾を飲む。

「俺の上に乗れる？」

「ど、どうやって」

「俺に摑まって。ゆっくり腰を落として。——ああ、そういう感じ」

ぬぷんと音がして、そそり立ったものが再び昴流のなかに埋まった。その重量にふっと肌が粟立ち、「ぁあ……」と息を吐く。瑛人も同じように吐息をつくと、熱い唇を昴流の下顎に寄せてくる。

「昴流、すげーかわいい。さっきの、めっちゃ興奮した」

「えっ、どれ？」

「もう出ちゃった、ってやつ。挿れてすぐだったのにあんなに精液散らして、報告までしてくれて——」

てっきり落胆されたとばかりに思っていたが、そうではなかったらしい。熱い息にまみれた唇を何度も押し当てられ、体の芯が急速に熱くなっていく。

何よりも目の前に瑛人がいるのがうれしい。後ろから挑まれるより、この体位のほうが好きだ。瑛人の肩に腕をまわし、昴流のほうからも唇を寄せる。

「もっとこう、戸惑ったり逃げ腰になられるかと思ってた。俺と昴流、ずっと友達だったから」

「ぁっん……なんないよ。瑛人、やさしいの知ってるし……」

「さっき、おいしいって言ってなかった？」

「あれは……っはぁ、あ……ビッグキャンディー、想像してたから」

腰を揺らしながら、何度も口づけを交わす。下からも突きあげられると、快感の波がつま先にまで広がり、あられもない声が迸った。濡れた粘膜が擦(こす)れる音や、肌と肌とがぶつかる音にも感じてしまう。融(と)け合う二つの体がそうさせるのか。あまったるいストロベリーの香りがどんどん強くなる。

「なんか、酔いそう……いちごの匂いがすごくて……」

「ん……俺は昴流に酔いそう」

絡む吐息と舌に、頭の芯が痺(しび)れていく。

三度目の限界が近い。今度こそ瑛人といっしょに高みに降り立ちたくて、性懲(しょうこ)りもなく勃(た)ちあがっている自分のペニスの亀頭を握りしめる。

「ぅうっん、いきそっ……ああ、もっとして、瑛っ……」

「いけばいいよ、好きなだけ」

「ちがっ……瑛人といっしょがいいんだよ！　だから……ぁあ、早く……っ」

目尻に涙をためてねだると、下からの突きあげが激しくなった。揺さぶられて倒れそうになった体を瑛人が支える。その力強さに欲情し、手のなかの性器がぶるっとわななく。

「好きだよ、昴流……ああ、めちゃくちゃ好きだ」

「っあ……俺も、俺も……瑛人が好き」

昴流の吐息も汗も唾液も瑛人のもので、瑛人の吐息も汗も唾液も昴流のものだ。互いが互いに夢中になっているいまが愛おしい。濃厚な快感が幾重にも折り重なって襲ってきて、昴流を高みへさらおうとする。

「あ、ああっ……出る、瑛人……っ」

「んっ、俺も……、いく――」

瑛人の表情が切なそうに歪むのを見て、自分の性器を解放する。ほぼ同時に体の奥に熱情が迸るのを感じた。その熱さと勢いに恍惚（こうこつ）となり、昴流も蜜液（みつえき）を瑛人の下腹にぶつける。

「……っ……ふ……」

本当に今日は記念日だ。告白し合って、裸を見せ合って――いま、昴流は瑛人の腕のなかに、そして瑛人は昴流の腕のなかにいる。

瑛人の体にもたれ、ひとときの余韻を味わってから顔を上げる。見つめ合うと自然にふふっと笑みがこぼれた。

「俺と瑛人、ガチの新婚さんになっちゃったね」

「とりあえず俺は幸せすぎてやばい」

照れたように笑う瑛人が無性に愛おしくなった。その頬を両手で挟み、丁寧に口づける。

瑛人。俺もめっちゃ幸せだよ。――そんな想いを込めた口づけだ。

＊＊＊＊

瑛人の片想いの相手が自分だと知ったり、終わったと思っていた恋が実ったりと、水面下ではいろいろあったものの、『花降る町を盛りあげる若人の会』の活動を忘れてはならない。

先日、満を持して予約をスタートさせた巡り湯プランだが、ありがたいことに一週間も経たないうちに予約でいっぱいになった。さっそくそれを小耳に挟んだ旅館の主たちから、「今度はうちにも声をかけてよ」と言われたので、秋の行楽シーズンには、五、六軒の宿での巡り湯プランが実現するかもしれない。

ちなみにプラン限定のまどか堂の菓子は、花降る町の満天の夜空を閉じ込めたような錦玉羹で、目でも楽しめる逸品だ。写真を見た杏子がえらく気に入り、「これ、買うことはできないの？」と瑛人に訊いたらしく、今日は瑛人と二人でまどか堂に来ている。

陳列棚の前で待っていると、智樹が暖簾を割っていそいそと出てきた。

「お待たせ。あんまり数作れなくて、とりあえずこれだけだけど」

「ううん、助かる。ありがとな、うちの姉貴のわがままを聞いてくれて」

「とんでもない。なんかすげー励みになってうれしかった。またいつでも来てってお姉さんに言っといて」

瑛人はみやのに車を停めている。店の前で智樹に見送られ、昴流は瑛人と並んで通りに踏みだした。

頭上に広がるのは夏真っ盛りの青空だ。

季節が移ろうように、町内の雰囲気も少しずつ変化している。

みやのの跡取り息子とＭＩＳＡＫＩの御曹司が二人肩を並べて歩いていることにぎょっとする人はもういない。「相変わらず仲がいいねえ」「今日もハナワカの活動かい？」と皆、気軽に声をかけてくれる。「寄っていきなさいよ」と腕を引かれ、山盛りの夏野菜を持たされることもある。

挨拶まわりの際には渋い対応だった旅館や商店の主たちも、瑛人と二人で足繁く通って昔の愚痴を聞いているうちに、次第に態度がやわらかくなっていった。最近では「あんたら、若いのにまめなんだから参るよ」と苦笑されることもあるほどだ。

きっと皆、昴流と瑛人は町をひとつにするために、捨て身で『夫婦』になったと思っているのだろう。それはそれでまちがってはいないのだが――。

「あら、お疲れさん。今日も二人でがんばってるんだねえ」

土産物屋の店主に声をかけられ、瑛人と二人、「ええ」と笑みを返す。しばらく通りを歩いたところで、昴流はくくっと肩を揺らした。

「みんな、俺たちのこと、ハナワカのユニットだと思ってるみたい」

「ま、そんなふうに思ってもらえるように挨拶まわりをしたしな。町の活性化を図(はか)って、巡り湯プランも企画したし」

「俺たち、本当はただの新婚さんなのにね」

こそっと瑛人にささやくと、「ただのじゃない、ラブラブな新婚さんだろ」とささやき返された。耳たぶに触れた言葉と吐息がうれしくて、またくくっと笑う。

「そういえば、うちの親父、今夜は昴流のお父さんと飲みに行くって言ってたよ」

「まじで？　意外に仲いいんだよなぁ。俺もビール飲みたい」

上品な紳士風の瑛人の父と、職人上がりのがさつな昴流の父。共通点など何ひとつないように見えるのだが、この二人、息子たちの交際についてあれこれ話し合っているうちに意気投合したらしい。母親同士も気が合うようで、ときどき会ってはいっしょにお茶を飲んでいると聞いている。

「瑛人の名案を実行したときはどたばただったけど、なんだかんだでうまくいった感じだね。町から派閥がなくなったし、親同士も仲よくなったし、俺らは本物の新婚さんになっちゃったし」

青空の下で思いきり伸びをしてから、瑛人にニッと笑いかける。

「瑛人。これからもよろしくね」

「こちらこそ末永くよろしくお願いします。俺には昴流しかいないんで」

「も、なんで丁寧語なんだよー」

「いや、大事なことだからさ」

年甲斐もなく小突き合っていると、店舗の軒下から「元気だねえ」と声をかけられた。「え、はい」と瑛人と揃って笑みを返す。

花降る町——昴流は生まれ育ったこの町が大好きだ。

瑛人といっしょに生きていけるから、もっともっと好きになるだろう。

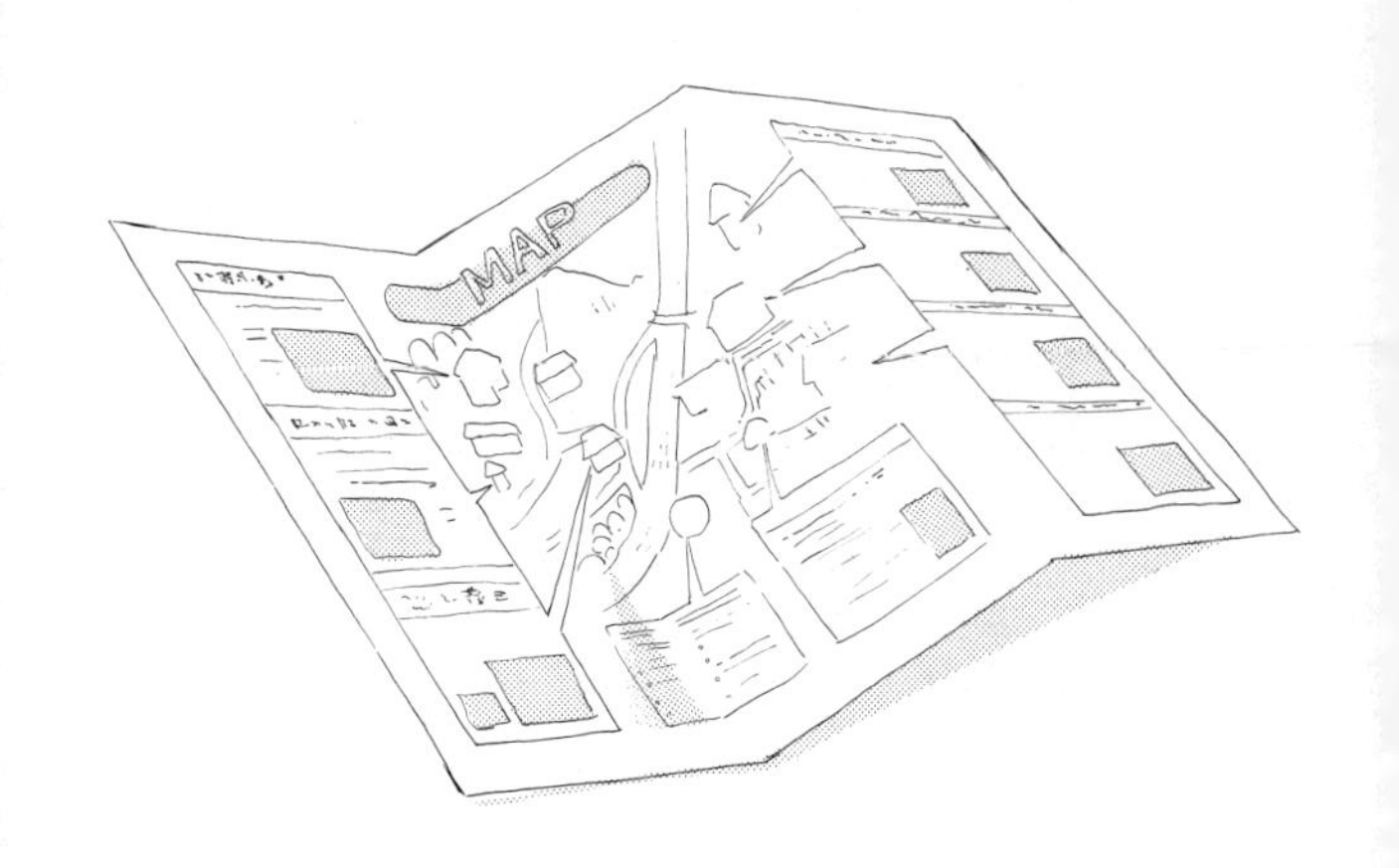

その後の新婚さん

sonogono shinkonsan

「瑛人ー。そろそろ起きたほうがいいんじゃない？　二時が来るよ」
呼びかけながら昴流が寝室へ入ると、夜勤明けの恋人はタオルケットにくるまって寝息を立てていた。

実家を出て瑛人と二人で暮らすようになり、早四ヵ月。季節は慌ただしく過ぎていき、九月の後半に差しかかったところだ。

花降る町にとって最大の繁忙期、秋の行楽シーズンを迎えたこともあり、ホテル勤務の瑛人はなかなか忙しく、ここのところ夜勤が続いている。忙しいのはもちろん旅館も同じで、昴流は今日こそ休みなものの、昨日までは十二日連続出勤だった。

互いに仕事に忙殺されて、休日も滅多に一致しないシフト制となると、二人でゆっくり過ごすことは難しい。それでも同じ家で暮らしているというのはいいもので、ちょっとした時間にこうして瑛人の顔を見ることができる。

（相変わらずきれいな顔してんなぁ。睫毛とかめっちゃ長いし）

背中を丸めてそろりとベッドへ上がり、眠っている瑛人を覗き込む。

間近なところでしげしげと友達の顔を観察するのはおかしいかもしれないが、恋人になったので見放題だ。飽きるほど眺めたあと、かぷっとその下顎に食みついてみる。

三秒ほどの沈黙のあと、プッと瑛人が噴きだした。タオルケットから伸びてきた腕が、昴流を抱き寄せる。

「何。俺の顎、うまそうだった？」

「うん。きれいな形してたから」

と、昴流も笑う。

「瑛人、あと五分で二時だよ。二時になったら起こしてって言ってたじゃん」

「あー……二時か。早いな」

瑛人は今日も夜勤だ。昴流の体に片腕を巻きつけたまま身じろぎをして、スマホを引き寄せる。きっと時間を確認したのだろう。げんなりしたように口角を下げたかと思うと、昴流の首筋に鼻先を擦りつけてくる。

こういう触れ合いは、逢引き——いま思えば、すこぶる適切な表現だ——に使っていた喫茶店、すみれではできない。昴流のほうも瑛人を抱きしめて、束の間の触れ合いを堪能したいところだが、今日はこれから二人で出かけなければならない。名残惜しさを覚えつつ、もたれかかってくる体をよいしょと押し返す。

「だめだって、瑛人。三時からまどか堂でハナワカの会合だろ？　行くなら行くで、そろそろ支度しないと」

ハナワカとは、瑛人と二人で結成した『花降る町を盛りあげる若人の会』のことだ。あれからまどか堂の跡継ぎである智樹を始め、小中学校時代の友人——拓夢と颯馬がハナワカに加入してくれたので、現在は五人で活動している。

「どうすんだよ。まだ眠いんなら、俺だけ会合に行こうか？　それでもいいと思うよ」

「いや、行く。行くってば。だけどその前にチャージしたいんだよね」

「チャージ？　なんの」

おもむろに瑛人が顔を上げ、跳ね躍った髪をかき上げる。

「んー、幸せチャージってやつかな」

「はあ？」と昴流が眉根を寄せていると、瑛人が上にのしかかってきた。

幸せチャージ。言葉の意味がようやく分かり、かすかに頬が熱くなる。

「……朝、したじゃん」

「だから？」

「……だからじゃなくって、今日はこれから出かけるだろ。時間ないってば」

「分かった、じゃあ急ごう」

真面目な顔で瑛人が体を起こしたのでベッドから下りる気になったのかと思いきや、すぽんとTシャツを脱がされ、さすがに笑ってしまった。瑛人は続けて昴流のジーンズと下着も脱がしにかかる。

「もうっ。俺の話、聞いてんのかよ」

「聞いてるって。まどか堂なら車でそんなにかからないだろ。全然間に合うよ。俺は寝起きに昴流といちゃいちゃしようと思って、二時に起こしてくれって言ったんだ」

服を脱ぎ捨てた瑛人が、あらためて昴流にのしかかる。

どぎまぎしている昴流の表情を堪能するようにゆっくりと――本当に焦れるほどゆっくりと顔を近づけてきて、唇と唇が重なった。

（あ、やばい……。気持ちいい）

鼻から息が抜け、縺れる舌の熱さに余分なものを溶かされる。あっさり裸にされたはずかしさとか、時間を気にする心とか。かわりに期待がせり上がり、胸がはち切れそうになる。ねっとりとしたキスを味わっているうちに我慢できなくなり、結局昴流のほうから脚を絡める。

笑う瑛人の吐息が唇にかかった。

「俺、昴流のそういうとこ、すげー好き」

なぜはずかしくなるようなことをいちいち言うのか。

呆れたふりで眉根を寄せるも、すぐにほどけてしまう。絶妙なタイミングで性器を撫でられたせいだ。「あっ……」と声を上げ、瑛人の首根にしがみつく。

「俺もほら、――もうこんなになってるし」

腰をスライドさせた瑛人が、萌したものを昴流に擦りつけてくる。瑛人の息も手のひらも男根も、昴流と同じくらい熱い。肌が粟立ち、くらくらするほどだ。

そのくせ、

「まじでしてもいい？」

と、この期に及んで確認してくるところが瑛人らしい。

おそらく「いいよ」という甘い返事が聞きたいのと、事を終えたあとにガチの喧嘩に発展しては困るからという思いが半分ずつだ。付き合いが長いので、その辺りの心情はよく分かる。

「あのなぁ、いまさらしないってほうがありえないだろ」

かぷっと唇に噛みつくと、瑛人がうれしそうに笑った。

誰よりも親しい友人から二歩も三歩も進み、恋人になって二ヵ月ちょっと。瑛人と送る新婚生活は、いまだ甘々かつ熱々で続行中だ。


「まずい。あと五分で三時だ。昴流、走れる?」

「……走るしかねえだろっ」

くわっと目を剝き、瑛人に吠える。

おおかた、こんなことになるんじゃないかと思っていたのだ。熱々で甘々なのもほどほどにしておけと一時間前の自分に説教を垂れたいほどだが、あとの祭りだ。

みやのの駐車場からまどか堂まで、徒歩で約十分。それを五分以内に収めるべく、瑛人と並んで通りを駆ける。三時一分前になんとか甘味処の暖簾をくぐると、他のメンバーたちはすでに奥のテーブル席についていた。

「おー、来た来た」

智樹が腰を浮かせ、手を振ってくる。昴流と瑛人の額にびっしり浮かぶ汗の粒に気づくと、怯んだような顔をしたが。

「どうしたんだよ。まさか全力疾走してきたとか?」

「ま、まあね……。ちょっと家でバタバタしてて、遅刻しそうだったから……」

こっそり瑛人と小突き合ってから、やれやれと腰を下ろす。

智樹の母親が運んできてくれた麦茶をありがたく飲み干し、なんとか人心地ついたとき、印刷所の三男坊でもある拓夢が「じゃじゃーん」と言いながら、持っていた紙袋から中身を取りだした。

「全員揃ったのでお披露目します。ハナワカ通信第一号、めでたく完成しました」

「おおおー!」と皆で拍手をし、拓夢の差しだす見本を覗き込む。

ハナワカ初の試みとして、フリーペーパーを作成したのだ。今日の会合は、刷りたてのこのペーパーのお披露目会でもある。

記念すべき第一号には手描きの地図を添え、花降る町の見どころや、お勧めの温泉街の歩き方を紹介する内容にしてみた。情報発信というと昨今ではSNSを使うのが主流だが、アナログにはアナログのよさがある。このペーパーを片手に町歩きを楽しむ観光客が増えますようにと願いを込めて、観光案内所の他に、旅館や商店などにも置いてもらう予定だ。

「すげえな、拓夢。きれいに刷ってくれてありがとう。レトロっぽいところがめっちゃいい」

「ほんと？　よかった。クラフト紙のほうがおしゃれかなと思って。インクの色にもこだわってみたんだ」

メンバーが増えたおかげで、またひとつ新しいことができた。「俺、今日休みだからさっそく配って歩くよ」と昴流が言うと、瑛人も「MISAKIのフロントに置く分、もらってもいいか？」とペーパーの束に手を伸ばす。だったらひとまず百部ずつに分けようかという話になり、皆で分けているさなかだった。智樹がふと手を止め、通りを映す窓を見る。

「どうした？」

「ああいや、なんか町の風景が変わったなと思って。ほら」

智樹の視線の先には、土産物らしい紙袋をぶら下げた団体客が談笑しながら歩いている。チェックインの前に町歩きを楽しんでいるのだろう。温泉街が賑わうのはたいてい夕方から夜にかけてなのだが、ここのところ早い時間帯から客の姿を目にすることが多い。

「今年の秋はあったかいせいかな。去年のいま頃より、確実にお客さん増えてるよね。みやのもお盆前からずっと満室続きなんだ」

「やっぱり？　うちも最近、母ちゃんだけじゃバタバタする日のほうが多くてさ」

智樹と人通りを眺めていると、昴流と同じく家が旅館をやっている颯馬が言った。

「昴流と美崎が始めた巡り湯プラン、あれが当たったからじゃね？　うちの宿もあれのおかげでしばらく満室だよ」

「え、ほんとに？」

夏にスタートさせた巡り湯プランだが、あっという間に予約で埋まるほど好評だったため、行楽シーズンのいまは、みやのとリゾートヴィラ・ＭＩＳＡＫＩの他に、複数軒の宿とホテルがプランに参加している。各々の客入りについては、「まあ、ぼちぼちかな」という言葉でごまかすのが定番なので、颯馬のところも満室続きとは知らなかった。

「俺ら、がんばった甲斐があったな」

となりにいる瑛人に笑いかけると、瑛人も笑顔を見せ、通りに視線をそそぐ。

「ＭＩＳＡＫＩは高台にあるから、町の風景ってダイレクトに見えないんだよな。こっちがこれほど賑わってるんなら、うちが忙しいのも納得だよ。キャンセル待ちのお客さんもいるくらいだし」

「やっぱ賑わってるほうがいいよな。観光と温泉の町なんだからさ」

ほんの数ヵ月前まで『派閥』という存在に振りまわされていたことが信じられないほどだ。巡り湯プランが当たっただけでなく、町を取り巻く雰囲気が変わったことも、いまの賑わいに繋がっているのかもしれない。

瑛人とそんな話をしているうちに、メンバーの会話から置いていかれてしまった。

「いいねー、行きたいな」と盛りあがっている声が聞こえ、「何何、なんの話？」と慌てて輪に加わる。

「いやな、このメンバーで温泉旅行に行けたらいいなって話してたんだ。親睦を深める目的と、ちょっと早い忘年会を兼ねてさ」

町歩きを楽しむ客を眺めているうちにそういう話題になったらしい。智樹の言葉を受けた颯馬が、昴流と瑛人を順に見る。

「だって俺ら、旅行って全然縁がなくない？　家が宿屋なんかやってたら、家業の手伝いで一年が終わるじゃん。春と秋と盆暮れ正月はもれなく繁忙期だし、夏休みもとれないし。温泉町で暮らしてるのに、よその温泉地をまるで知らないって、どうかと思わねえ？」

鼻息荒く颯馬に訴えられ、「まあ、うん、確かに」と瑛人と顔を見合わせる。

実際昴流も、旅行というと修学旅行にしか行ったことがない。父や母の年代になれば、温泉旅館組合の親睦旅行で他県の温泉地に出向く機会もあるようだが、若手の昴流たちには声がからないのだ。町内の旅館のほとんどが家族経営なので、仕方のない面もあるのだろう。

「温泉旅行かぁ……」

親睦を深めるため。ちょっと早い忘年会。智樹の言葉が昴流の脳内を駆けめぐる。

今年はハナワカを結成した記念すべき年だ。メンバーもありがたいことに二人から五人に増えている。

「――行っちゃう？」

昴流が一同を見まわすと、「行こう!」と声が上がった。見事に揃った返事を聞いて、あははと笑う。

「よーし、じゃ、決まりだな。繁忙期が終わったらみんなで温泉旅行しよう。一泊二日くらいなら俺も都合をつけられるし。瑛人も大丈夫だよな?」

言いながら顔を向けたとき、まどか堂の引き戸が開いた。

「いらっしゃいませー」

応対する智樹の母の声をかき消す勢いで、「わあ、おいしそう!」とはしゃぐ女性たちの声がなだれ込んできた。きっと観光客だろう。たいして広くない甘味処のスペースを地元民で占領するわけにはいかない。

「今日はもう解散な。温泉旅行の話は……ええっとそうだな、ひとり一ヵ所ずつ、行きたい温泉地をピックアップするのってどう? ついでに宿の候補もいくつか挙げてもらえるとありがたいな。俺もピックアップしたら、グループＬＩＮＥに流すから」

「オッケー。じゃ、そういうことで」

智樹は母親を助けて接客にまわり、昴流たちはフリーペーパーの束を手にして、甘味処をあとにする。

「楽しみだなぁ、温泉旅行。みんなで行くのって初めてだし」

となりを歩く瑛人に笑顔で話しかけると、なぜかうんともすんとも返ってこなかった。

昴流の声が聞こえているのかいないのか、瑛人は複雑そうな面持ちで、何もない宙をじっと見つめている。

そういえば、さっきの「行こう！」という返答に、瑛人の声だけなかったような気が——。

「瑛人、どうしたんだよ。ぼんやりして」

「あ、——」

我に返った瑛人が何か言いたげに口を開きかけたとき、後ろから「昴流くん！」と呼ばれた。

拓夢だ。拓夢が昴流を目指して駆けてくる。

「これからフリーペーパー配るんでしょ？ ぼくも手伝うよ」

「お！ やった。じゃあいっしょに配ろうぜ」

追いついた拓夢が、「美崎くんは？」と訊く。

「ごめん。俺はこれから夜勤なんだ」

「そっか。お疲れさま。がんばって」

「ああ」とかすかに笑い、みやのの駐車場へ向かって歩きだした瑛人を、拓夢と二人、「行ってらっしゃい」と見送る。

（なんだろう。ちょっと様子が変だったな）

仕事のことでも考えていたのだろうか。怪訝に思ったものの、「どこから配ってく？」と拓夢に明るい声で訊かれ、昴流の思考はそこまでとなった。

「――昴流。ハナワカのみんなで行く温泉旅行のことなんだけど」

瑛人に切りだされたのは、会合を終えた翌日だった。

久しぶりに二人で夕食を囲んでいるときで、ダイニングテーブルには瑛人の手料理――鶏大根やかぼちゃのきんぴら、かきたま汁などが並んでいる。

「おっ！　よさそうな温泉地、見つかった？　俺は日本三名湯のひとつに行ってみたいなって思ってるんだけど、どこも宿泊代が高いんだよな。だからこの際――」

「俺は反対だから」

温度の低い声にはっとして、鶏大根に伸ばしかけた箸を止める。

そういえば甘味処を出たあと、瑛人の表情が暗かったのを思いだす。目の前にいる瑛人もあの日と同様、複雑そうな面持ちだ。

「反対ってどうして」

「どうしてじゃないだろ。俺は昴流の裸をみんなに見られたくない」

は？　と言いかけたのをすんでのところで呑み込む。

裸を見られたくないということは、瑛人は昴流の恋人として言っているのだろう。

とはいえ、昴流は仕事柄、裸になることにあまり抵抗がない。もちろん、人前で意味もなく裸になることは論外だし、瑛人といっしょに薔薇の花の浮かぶ湯に浸かるはめになったときは、うろたえもした。

だが、温泉を楽しむ際に裸になることは、ごくごく当たり前のことだ。にもかかわらず、そこに余分な思いを絡められると、温泉をいかがわしい場所にされたようで、老舗旅館の若旦那としてはあまりいい気はしない。

「変なふうに考えるなよ。下心ありありの旅行じゃあるまいし。智樹も拓夢も颯馬も保育園からの友達なんだ。いまさら俺の裸なんて誰も興味持ってないって」

「だから嫌なんだ。赤の他人ならまだしも、付き合いの長い友人には見られたくない」

今度は抑えが効かず、「……は?」と声が出た。

「見られたくないとかいまさらだろ。俺、子どもの頃はみんなとすっぽんぽんで川遊びとかしてたし、プールの授業のある日にタオル忘れてフリチンになって着替えたこともある。瑛人には悪いけど、とっくの大昔に友達にもただのクラスメイトにも全裸をさらしまくってんだ」

なので、まったくこの裸に価値はないし、価値のあるものだと誰にも認識されていない。

ということを帰流は言いたかったのだが、余計な情報だったようだ。瑛人がうんざりしたような顔つきで、自分のこめかみを揉む。

「うなされそうなことを言うのはやめてくれ。俺は子ども時代のことをとやかく言いたいわけじゃないし、言ってるつもりもない。今日より先の話をしてるんだ」

「だったら、友達以外と風呂に入るのはどうなんだよ。近県には若旦那会だってあるんだぞ？　俺はまだメンバーじゃないけど、誘いがあれば入会したいって思ってる。瑛人はそういう付き合いも、温泉抜きでやれって言うのかよ。俺は自分ちの風呂にしか入れないのか？」

「話をでかくするな。俺はハナワカの温泉旅行について言ってんだ」

「温泉が絡む以上、俺にとっては同じだよ」

だいたい温泉旅館の若旦那を捕まえて、温泉に入るなと言うほうが無理なのだ。

昴流は荒々しく鼻息を吐きながら夕食を再開させたものの、瑛人の気持ちは一ミリたりとも変わっていなかった。

「若旦那会について口出しするつもりはないよ。ああいうのは仕事の一環だ。だけど、ハナワカの温泉旅行には行ってほしくない」

あらためて言われ、思わず瑛人を二度見する。

ここまで瑛人が頑固（がんこ）なのはめずらしい。一瞬ぽかんとしてから、「いやいやいや」と首を横に振る。

「ただの旅行じゃないじゃん。みんなと親睦を深めるためにもいいと思うし、うちじゃない温泉町の雰囲気を肌で感じることもぜったい刺激になるだろ？　瑛人もＭＩＳＡＫＩの御曹司（おんぞうし）なんだから、きっと勉強に——」

昴流が訴えているさなか、瑛人が「ごちそうさま」と手を合わせる。そのまま、空（から）になった食器を手にして席を立たれてしまい、さすがに「ちょおっ」と声が出た。

「待てよ。話の途中だろ」

「俺のなかではもう終わってる」

「……はあ？」

勝手な言い分に腹が立ち、思いきり顔をしかめる。だが瑛人も負けていなかった。昴流のほうをいっさい見ることなく、キッチンで食器を洗い始める。

「とにかく、俺はハナワカの温泉旅行には参加しない。昴流にも参加してほしくない。つうか、行くな」

蛇口(じゃぐち)から勢いよく出された水に、瑛人の硬い声がまじった。


「ったく。なんなんだよ、本当に」

早朝のみやの前庭で、昴流は掃(は)き掃除にいそしんでいた。

あれから三日経(た)ったが、瑛人とはハナワカの温泉旅行の話をしていない。昴流がどんなふうに話題を投げかけても、瑛人は「俺の気持ちは変わらないから」の一点張りで、取りつく島もないのだ。

思えば、瑛人があれほど強い言葉で昴流の思いを捻(ね)じ伏せたのは初めてかもしれない。

普段の瑛人はどちらかというと、昴流の意見を尊重するタイプで、互いの意見が食いちがったときは、「昴流がそうしたいんなら」とたいてい譲ってくれる。根負けして昴流の意見に迎合するのではなく、昴流の気持ちをじっくり聞きとり、呑み込んだ上での判断だ。

と、昴流は信じている。

なぜなら、いつだって瑛人は昴流をサポートし、支えてきてくれたから。これはいまに始まったことではなく、友達時代から変わっていない二人の関係だ。

(うーん……今度ばっかりは、俺が譲るべきところなのかなぁ。でも遊びが目的の旅行じゃないし、いまさら友達と風呂に入るなって言われても困るんだけど)

とはいえ、恋人の反対を押し切ってまで、皆と温泉に入りたいとは思わない。けれどそれは、瑛人とよく話し合い、昴流自身が納得して出すべき答えだ。

一方的に「俺は反対だから」「つうか、行くな」と言われて、承知しました、あなたの言うとおりにします、と従うのは、いままで築いてきた関係が歪になるようでやりたくない。まあ、自分の性格的にも難しいのだが。

(くそう、誰かに相談できたらいいのに)

残念なことに、昴流と瑛人は『町をひとつにするために夫婦になったユニット』と友人たちに思われているので、相談できる相手がひとりもいない。ただでさえ、恋愛経験も皆無だというのに、これではどん詰まりだ。

（ま、瑛人ととことん話し合うしかないか。この間の瑛人は、聞く耳持たずな感じでちょっと様子が変だったし）

やれやれと息をつき、朝のフロント業務につく。

「お疲れさん」

菓子箱を持った智樹がみやのに現れたのは、午前中の業務がそろそろ一段落するかなといった頃だった。みやのはまどか堂にほぼ毎日、上生菓子を発注している。風呂付きの離れに宿泊する客に出すものだ。たいてい智樹が昼前後に届けにきてくれる。

「おー、ありがと。ご苦労さん」

ロビーで寛いでいる客の邪魔にならないよう、いちばん端のソファーテーブルに向かう。

いつものように箱を開けて菓子の数をチェックしていると、智樹が辺りを見まわした。

「繁盛してんじゃん。この時間帯でもまだお客さんがいるんだな」

「連泊のお客さんが多いんだよ。秋冬は特に」

「そっか。ハナワカのみんなで旅行に行けたらいいなって思ってたけど、繁忙期がまだまだ続くんなら仕方ないよな。忙しいのはいいことだし」

いきなり旅行の話を出され、「……え？」と顔を上げる。

「仕方ないって何。どういうこと？」

「何って、行けないんだろ？　朝、美崎からグループＬＩＮＥにメッセージが届いたよ。美崎も昴流も目がまわるほど忙しいから、旅行には参加できない、みんなで楽しんできてって」

「は、あ?」

びっくりしてパンツのポケットからスマホを取りだし、ロックを解除する。

智樹の言うとおり、瑛人がハナワカのグループLINEに、自分も昴流も旅行には行けないことを伝えてあった。拓夢も颯馬もすでに見ているようで、『そっか、残念』『次あったら行こうな』と返事までついている。

(瑛人のやつ、勝手なことを……!)

昴流が一向に首を縦に振ろうとしないので、強硬手段に出たのだろう。瑛人は昴流が休憩時間にしかスマホに触らないことを知っている。カァーッと頭に血がのぼったものの、友達の前で裸になるかならないかで揉めていることなど、智樹に言えるはずがない。

「ちょちょちょ、ちょっと待って。まだその、不参加って決めたわけじゃねえからっ」

「あ、そうなの? じゃ、はっきりしたらまた連絡して。ハナワカは昴流と美崎が作った会なんだから、二人がいないとただの旅行になっちまうよ。全員揃ってないと意味なくない?」

「だ、だよな。りょーかい! またLINEする」

智樹と別れると、昴流はスマホを握りしめ、本館の廊下をがつがつと歩いた。

瑛人の今日のシフトは日勤だ。古い布団などをしまっている小部屋に滑り込み、室内に誰もいないことを確かめてから電話をかける。

まだ昼休憩には少し早い時間なので、繋がらないかもしれない。ひたすら続く呼びだし音にやっぱりだめかと腕を下ろしかけたとき、『──何』と不機嫌そうな声が聞こえた。慌ててスマホを耳に押し当てる。

「お、お前なぁっ──」

ぐわっとぶつけそうになった感情をなんとか呑み込み、「いま、話しても平気?」と尋ねる。瑛人は場所を移動したのだろう。しばらく待たされたあと、『いいよ』と返ってきた。

別に言い争いがしたいわけではないのだ。できるだけ乱暴な口調にならないように気をつけて、声を絞りだす。

「ハナワカのグループLINE、見たよ。ったく、何勝手なことしてんだ。瑛人が嫌なのは分かるけど、先まわりしてみんなに不参加表明するのってずるくない? 俺はもう少し瑛人と話し合うつもりだったのに」

『その話? 何度話し合ってもいっしょだよ。俺の気持ちは変わらない』

「だーかーらーっ、なんでそんなに頑なわけ? 俺の裸なんか、本当に誰も興味持ってないって。それに今回の温泉旅行はハナワカにとって──」

『分かってるよ!』

電話口で怒鳴られ、びくっと肩が跳ねた。

瑛人が声を荒らげることは滅多にない。思わずスマホに目を走らせる。

『みんなと旅行に行けば、親睦を深めるいい機会になることも分かってるし、よその温泉地を知ることで、学びや刺激を得られることも分かってる。もちろん、みんなに下心がないことも、昴流が温泉あっての仕事に誇りを持って従事していることも、俺は全部分かってるんだ』

まくし立てるように言われ、頭がついていかなかった。

ハナワカのメンバーに勝手に断りのＬＩＮＥを送られたのだ。怒るのは自分のほうだと思い込んでいたせいだろう。えっ、とも、待って、とも言えないまま、スマホから聞こえる声に耳を澄ませる。瑛人の息を吸い、吐く音が聞こえる。震えていることが分かると、ますます混乱した。

『――俺の心が狭いことも分かってる。昴流に言えば、喧嘩になるだろうなってことも分かってた。だけどどうしても受け入れられないんだ。俺は恋人になってやっとキスしたり、触ったりできるようになった昴流の体を、知ってるやつに見せたくない。……無理なんだ』

瑛人の声はじょじょに張りをなくし、最後は滲んでいるような響きになる。

もっとも親しい友人として、恋人として、どう応えるのが正解なのだろう。

いやそれよりも――自分はとてつもなく大きなまちがいを犯してしまったのではないか。

そうでなければ、瑛人がこれほど感情をあらわにするはずがない。ここしばらくのやりとりを思い返し、動揺と焦りが広がっていく。

「ま、待って……ごめん。ちょっと俺、混乱して……」

なんとか頭を整理しようと試みたものの、だめだった。

『昴流』

瑛人の声のトーンが変わる。

何かを手放したのかもしれない。どことなく投げやりに聞こえる声だ。

『さっき言ったよな？　瑛人が嫌なのは分かるけどって。――どう分かるんだよ』

「……え？」

『俺は自分じゃ分からないんだ。どうしてこんなに嫌なのか分からない。分かるんなら教えてくれよ』

真っ向から問われると、まるで答えられなかった。

言葉につまる昴流を瑛人は想定していたのだろう。もとより、具体的な返答など期待していなかったのかもしれない。『仕事に戻るよ』という言葉を最後に通話が切れる。

「ちょ、待っ――」

瑛人の声が聞こえなくなると、スマホがひどく重く感じられた。よろめくようにして柱にもたれかかり、呆然とする。

瑛人を思うとき、まっさきに浮かぶのは、穏やかに微笑む姿だ。

はにかむように笑うときもあるし、困ったように笑うときもある。目許も口許もとてもやさしい。木漏れ陽をたくさんまとわせた、瑛人の笑顔。けれどいまは、長身の背を丸め、両手で顔を覆っている姿しか脳裏に描けなかった。

じっと宙を見つめ、自分にできることを考える。

こういうとき、せっかちな性格だと損だ。考えても考えても思考は散らばる一方で、かわりに足がむずむずしてくる。

（あ、待てよ）

そわそわと落ち着かない足。これこそが解決への第一歩ではないのか。いますぐ瑛人のもとへ行きたいと、昴流の心と体の両方が訴えている。

（よし——）

昴流は午前中にやるべき業務をすべて片づけるため、小部屋を勢いよく飛びだした。


「——ちょっと出かけてくる」

昼過ぎ、昴流は従業員に伝えると、法被のかわりにパーカーを羽織り、ＭＩＳＡＫＩへ車を走らせた。ＭＩＳＡＫＩの駐車場に着いてから、瑛人に『これから会える？』『そっちに行くから』とＬＩＮＥを送る。

返事は本館にあるフロントへ向かっている途中に届いた。

『庭園で待ってる』

ＭＩＳＡＫＩの庭園は、宿泊客でなくても入園料を払えば入れるようになっている。庭師だった父とともに植木の刈り込み作業を手伝ったことがあるので、受付にいた年配のスタッフに「おや、みやのさん。お久しぶりです」と笑顔を向けられた。

「瑛人さんとなかで待ち合わせをしてるんです。入ってもいいですか？」

「ええ、どうぞ。ごゆっくり」

平日の昼過ぎで、なおかつ空は薄曇り。風も少しある。にもかかわらず、散策を楽しむ入園者がそれなりにいた。

秋の薔薇が咲き始める時季だからかもしれない。専務でもある瑛人が客の目のある場所で昴流を迎えるとは思えなかったので、ガーデンアーチや噴水のあるメイン広場を抜けて、人気のない場所――森と隣接する北方面に向かって歩く。

奥まれば奥まるほど、花は少なくなり、木立ばかりになる。ハナミズキにヒメシャラ、ヤマボウシ。道なりに歩きながら知っている木の名前を唱えていると、スリーピーススーツ姿の瑛人がこちらに歩いてくるのが見えた。

瑛人は忙しなく手を動かしてスマホに何か打ち込んでいるので、昴流には気づいていないようだ。おそらく昴流に、庭園の北側で待ってる、とでも伝えようとしているのだろう。スマホを取りだすと、予想したとおりの文面のＬＩＮＥが届き、少し笑ってしまった。

「あっ……」

瑛人が昴流に気がついた。

「どうして。早くない？」

「うん。俺、せっかちだから。本当は電話を切ってすぐ、こうしたかったんだ」

よかった、ちゃんと会ってくれた。たたっと駆け寄り、瑛人を抱きしめる。

瑛人はまるで想定していなかったようだ。「えっ」に濁点のついたような声を上げ、わずかに体を後ろに引く。

「な、——なんなんだよ、いきなり」

「んー、なんだと思う？」

昴流はどこからどう見ても小柄だ。対する瑛人は長身で、一八〇センチ以上ある。もし誰かがこのシーンを目撃していたとしたら、昴流が必死になって瑛人にしがみついているのかと思うだろう。

けれど、これは抱擁だ。大切な人の心をまん丸にするための抱擁。

腕のなかに瑛人を閉じ込め、伝わる体の強張りを溶かすように、よしよしと後ろ頭を撫でてやる。

「俺、瑛人がもしかして泣いたんじゃないかなって思ったんだ。電話のあとに」

「は？　……泣くわけねーだろ。仕事中だっつうの」

でも、と瑛人が言い、頭を垂れる。

やわらかな鳶色の髪が昴流の頬に触れた。

「いまは、泣きそう」

うん、とうなずき、頭だけでなく、背中も撫でさする。

布越しに互いの体温がまじり合った。緩やかに上下する胸を感じ、ほっとする。

同じように瑛人も昴流を感じて、ほっとしてくれたらいい。風の冷たさなど気にならなくなるほど抱きしめたあと、どちらからともなく体を離す。瑛人が照れたように口許をほころばせた。

ああ、来てよかったと、その控えめな笑顔を見て思う。

「俺さ、何もかも瑛人が初めてだから、嫌って言葉だけじゃ分からないんだ。だけどそれを言い訳にしようとは思ってない。ちゃんと分かりたいんだよ。だから瑛人の気持ち、もうちょっと教えて」

「言っただろ？　自分でもなんでこんなにドツボにはまってるのか、分からないんだ」

瑛人が昴流の手を引いて、庭園の奥へと歩きだす。

関係者以外の立ち入りを禁じるロープを越えると、物置小屋があり、その近くに洋風のあずまやがあった。そういえば刈り込み作業を手伝ったとき、ここで休憩をとったことを思いだす。

人の気配はなく、風が梢を揺らす音だけが聞こえる。

瑛人があずまやのベンチに腰を下ろしたので、昴流もとなりに座った。

「本当は昴流に制限とかしたくないんだ。昴流にはやりたいことを思いっきりやってほしい。俺が好きなのはやりたいことをやってるときの昴流だし、そういうときの昴流を全力で支えたいと思ってる。それは本心なんだ」

「うん――」

「だけど知ってるやつに昴流の裸を見られることには、すごく抵抗がある。正直、赤の他人なら割り切れると思うんだ。想像してもそんなに嫌じゃない。ただ、ハナワカのメンバーは全員友達だろ？　少なからず、昴流の裸を見て、何か思うと思うんだよね」

瑛人はそこまで語ると、宙に目をやり、「あ……」と呟いた。

「俺は感想を持たれるのが嫌なのかも」

「感想ってたとえば？」

「そうだなぁ……脱ぐと意外に細いんだなとか、胸の辺りは全然日焼けしてないんだなとか。赤の他人ならまだしも、友達に思われると生々しくないか？」

智樹と拓夢と颯馬の顔を順に想像し、「うーん」と眉根を寄せる。

「生々しいっていうのは分かるよ。だけど感想まではどうだろう。特に何か思われる気がしないんだよね。俺、ごくごくふつうの男子の体だし」

「ごくごくふつうの男子の体ってのも感想のひとつだろ。それも嫌なんだ」

「なる、ほど」

うなずいたものの、いまひとつピンと来なかった。

だが瑛人のほうは、胸にある気持ちを言葉に変換していくことで、だいぶん整理がついたらしい。強さを取り戻した眸を昴流に向ける。

「感想は、何かと比べることで出てくるものじゃないか。きれいだなって感じることは、ありきたりなものを知っているからこそ出てくる感想で、ふつうだなって感じることは、特別なものを知っているからこそ出てくる感想だろ？　俺はやっと手に入れた唯一無二の宝物を、俺の知らない昴流を知ってるやつに、いいとか悪いとか超ふつうとかどうでもいいとか、かけらも思ってほしくないんだ」

唯一無二の宝物。そんなふうに思われているとは知らなかった。

頬がじわりと火照るのを感じていると、瑛人がもたれかかってきた。昴流の肩口にこめかみを預け、細く息をつく。

「昴流と恋人になってそんなに月日が経っていないから、俺は神経質になってるのかもしれない。ガルガル期みたいな感じ？　一、二年くらい経てば落ち着くかもしれないけど、いまは無理だな。どうしても昴流がハナワカのみんなと温泉に入りたいっていうんなら、俺はいますぐアフリカに発って、全裸に近い格好で過ごす部族としばらく暮らして、裸に対する価値観を変えてからじゃないと、了承できないと思う」

「アフリカ⁉　ちょ、そんなこと考えてたの？」

「ああ。結構真剣に」

瑛人は誰とでもすぐに打ち解けられるような性格ではない。槍だのなんだのを手にした半裸の男たちの輪のなかで、襟付きのシャツを着た瑛人が戸惑いがちに佇む姿が容易に想像できて、声を立てて笑った。

「あのなぁ、アフリカになんて行けるわけないだろ。そもそもいまは繁忙期だし」

「分かってるよ。分かってる。だから俺は、温泉旅行のほうをナシにしてくれって言ったんだ」

「あ、そういうこと?」

「そういうこと」

やはり話さないと分からないものだ。瑛人はずいぶん葛藤していたのだろう。凝り固まった思考ごとほぐすように伸びをしたかと思うと、またすぐにため息をつく。

「正直、こんなに思い悩むことって初めてなんだ。昴流にどう伝えればいいのか分からなかったし、伝えたところで喧嘩になるのも分かってたし。だからハナワカの会合で温泉旅行の提案が出たときから、俺はずっとうろたえてるし、途方にも暮れてるし、狭量な自分に苛々もしてる。俺はようするに恋愛初心者なんだ。だから何をどうすればいいのか、さっぱり分からない」

「恋愛初心者って」

さすがにその言い分には納得できず、瑛人の横腹を軽く手刀で突く。

「よく言うよ。中学のときも高校のときも、めっちゃ女の子と付き合ってたじゃん」

「いや、俺がしてきたことはただの恋愛ごっこだって。あのときは分からなかったけど、昴流と付き合うようになってから、身に沁みて分かった」

瑛人いわく、女の子と付き合っているときは、会えなかろうが連絡がなかろうがたいして気にならず、嫉妬めいた感情を覚えることもなかったのだという。それどころか、全員に振られて終わっているのだとか。

「えっ、振られてんの？　初耳なんだけど」

「そんなかっこ悪いこと、わざわざ言うわけないだろ。なんか俺ってイメージとちがうらしいよ。だからつまんないんだってさ。当時はなんだそりゃって思ってたけど、いま思えば当然だよな。俺はずっと昴流のことが好きだったんだから、昴流以外には温度の低い対応しかできないよ」

そういうことなら、振られるのも納得だ。

「ったく。だったら俺ら、初めて同士ってことじゃん。キラッキラの王子さまキャラでめっちゃモテるくせに、いままで何やってきたんだよ」

「……モテても全然うれしくない。むしろどうでもいい。俺が好きなのは昴流だけだから」

ふて腐れたような表情でネクタイを緩める王子さまを、やれやれと見つめる。

昴流の体はとりわけ整っているわけではない。智樹たちが自分に気がないことも知っている。だからこそ、瑛人が何にこだわっているのかいまひとつ分からなかったのだが、今日話してみてよく分かった。

自分がとても大切にしている宝物に対して、第三者から好き勝手に思われることを想像すると、確かに嫌な気持ちになる。やっとの思いで手に入れ、なおかつ『見せたくない』と思っているものなら、なおさらだ。

昴流は宝物を手に入れると――この場合の宝物とは、子どもの頃に見つけたつるつるした石とか、完璧な形の蝉の抜け殻とか、そういうものだ――、誰彼構わず見せびらかしたくなるほうなので、瑛人とは根本的にタイプがちがう。大好きな親友かつ恋人であっても、まるで性格がちがうから、理解するまでに時間がかかったのかもしれない。

なるほどなぁと思いながら、鳶色の髪をもてあそぶ。

「正直、瑛人はハナワカのみんなで行く旅行に対してはどう思ってんの?」

「あー、旅行自体はいいと思うよ。もし昴流と付き合う前なら、俺は鼻息を荒くして何がなんでも参加する」

「んだよそれ。ほんと勝手だなぁ」

ひとしきり笑ったあと、「じゃあ、俺がみんなといっしょにすっぽんぽんで風呂に入らなかったらオッケー?」と尋ねる。

途端に顔をしかめられた。

「温泉旅行に行って、温泉に入らないのは無理だろ」

「無理じゃないよ。俺が入らないって言えば済む話じゃん」

「とか言って、みんなに誘われたら入りたくなるだろ？　ただでさえ、温泉旅館の若旦那なんだからさ。俺は昴流のそういうところを見越して、旅行に参加すること自体、やめてくれって言ったんだ」

「大丈夫。入らないって決めたから」

　心はとても大切なものだと、恋が初めての昴流でも知っている。けれど心と同じく、体も大切なものなのだ。昴流にはこの意識が欠けていた。誰かのかけがえのないものになるということは、この体は自分だけのものではなくなるということだ。

「だって俺は、瑛人にとって唯一無二の宝物なんだろ？　俺はモノじゃないから、自由に動ける足も好きにしゃべれる口もあるけど、瑛人がめちゃくちゃ大事にしてる宝物なんだから、俺が勝手に裸を見せびらかすわけにはいかないじゃん。そんなの、瑛人に対するテロだろ。だからやらない」

　じっくりと瑛人の胸の内を聞くことができたからこそ、出た答えだ。

目を瞠(みは)って固まる恋人に「大丈夫だよ」ともう一度言う。瑛人が心底安堵したように、やわらかな笑みを広げた。

「ありがとう。そんなふうに思ってくれるんだ。めちゃくちゃうれしい」

「瑛人がちゃんと自分の気持ちを話してくれたからだよ。一方的にやめてくれって言うだけじゃ、俺はぜったい納得しないから」

ふふっと笑い、瑛人にもたれかかると、瑛人も昴流にもたれかかってきた。

友達でしかなかった頃から横並びに座るのはお決まりだったので、互いの肩が触れていると安心する。瑛人もきっと同じだろう。「よかった、アフリカに行かなくて済んだ」などと言って笑っている。

「ねえ、瑛人。いっそのことさ、ハナワカのメンバーに俺らのこと、カミングアウトするのってどう？　俺らは町を盛りあげるためのユニットじゃない、正真正銘の新婚カップルだってことを打ち明けるんだ」

どちらかというと、昴流は友達の多いほうだ。けれど、ハナワカの温泉旅行でみんなと風呂に入るかどうかで瑛人と揉めたとき、相談できる友人がひとりもいないことに気づき、それが引っかかっている。

なぜ相談できないのか。ハナワカのユニット風に見られるのをいいことに、本当の姿を友人たちに見せていないからだ。

「なんかさぁ、いまのままじゃ、友達を騙してるような気がして後ろめたいんだよね。困ったことがあっても誰にも相談できないし。デリケートなことだから友達全員に言ってまわろうとかは考えてないんだけど、智樹と拓夢と颯馬はほんと、昔からの仲よしだし、せめてこの三人には本当のことを伝えたほうがいいんじゃないかなと思って」

とはいえ、昴流の一存で決められることではない。「もちろん、瑛人がいまじゃないって思うんなら待つよ。二人のタイミングが一致したときでいいから」とつけ加える。

分かった、じゃあ考えてみるよ、という程度の返事を想定していたのだが、意外なことに瑛人は体を起こすと、昴流の目を見て「いいよ」と言った。

「えっ、ほんとに？　じっくり考えなくて大丈夫？」

「いや、俺もできたらはっきりさせたいなって思ってたんだ。今回みたいに温泉旅行の話が出たとき、俺ら二人が付き合ってることをオープンにしていれば、こんなに昴流とこじれなかっただろ？　仮にこれから先、ハナワカのみんなから何度温泉旅行に誘われても、俺も昴流も裸はパートナーにしか見せないことにしてるんだって言えるしさ」

瑛人は「それに――」と言葉を継ぎ、昴流の頭を抱き寄せた。少々強引だったのでバランスが崩れ、瑛人の膝の上に体が倒れてしまう。

「周りを牽制する意味でも、昴流の恋人は俺なんだってことをちゃんと言っておきたい。万が一、友達の垣根を飛び越えてくるやつがいたら困るから」

「ええー？」と笑いながら身じろぎをして、体勢が崩れたついでに膝枕をしてもらう。

別に牽制なんかしなくても、智樹も拓夢も颯馬もただの友達だよ？　――そう言いかけたが、声にするのはやめた。瑛人には瑛人の価値観がある。今日学んだことだ。

「ふぅん……俺が誰かにとられるのは嫌なんだ？」

「当たり前だろ。俺にとって最高に魅力的な人が、俺以外にとってはどうでもいいはずなんて思ってないよ。用心するに越したことはない」

「そんなふうに警戒するのって、やっぱ俺が唯一無二の宝物だから？」

瑛人は一瞬怪訝そうな表情をしたものの、すぐに目許をほころばす。長い指が昴流の頬に触れた。

「何、気に入ったの。その言葉」

「うん。めっちゃ特別感があるなと思って。響きもなんかキラキラしてるしさ」

ずっと男子全開で生きてきたから、キラキラ度の高い言葉には縁がない。宝物だと面と向かって言われるのも初めてだ。

へへっとだらしなく口許を緩めていると、瑛人が顔を近づけてきた。

（あっ……）

瑛人の顔は友達時代から飽きるほど見ているはずなのに、迫られるとやはりどきどきしてしまう。やさしいところと同じくらい、この顔立ちも好きだからかもしれない。

きれいに生え揃った睫毛や、すっとした鼻梁、桜色のきれいな唇にぽうと見入っているうちに、額に口づけられる。想いのこもった、長い口づけだ。

「響きだけじゃないさ。出会ったときからずっと、昴流はキラキラしてる。名前はすばるでも、俺にとっての昴流は星の集まりじゃない。どんな星よりも目映い一等星だ」

「――――」

また心のなかの秘密の小箱にコレクションできる言葉が増えてしまった。この小箱は底なしなので、いくらでもしまっておける。唯一無二の宝物。出会ったときからずっとキラキラしてる。どんな星よりも目映い一等星――。

「瑛人ってほんと、うまいこと言うよね」

「は？　信じてないってことかよ」

「ちがう、ちがう。俺は瑛人みたいにうまく言えないから――」

だから腕を伸ばし、瑛人の顔を引き寄せる。

二度目のキスは昴流から。少し頭を浮かせ、額ではなく唇に口づける。

「瑛人のこと、大好きだよ。ずっとずっと、俺の旦那さんでいてほしい」

常に胸にある想いを声にして、がしっと抱きしめる。

ちなみにこれは抱擁ではない。ホールドだ。「ちょ、苦しい……！」と瑛人がもがく。憂いのない笑い声が、昴流の耳をくすぐった。


ハナワカのメンバーにカミングアウトすると決めたからには、早いほうがいい。

瑛人と相談した上で、「温泉旅行の話をつめる前に伝えたいことがある」と皆にＬＩＮＥを送り、居酒屋に集まってもらうことにした。

夜の八時にと召集をかけたので、あと二十分――。

「やばい。めっちゃ緊張する。口から心臓が出そう」

一足早く着いた昴流は瑛人とともに、居酒屋の前でそわそわと足踏みをしていた。

焼き鳥が人気の店だが、さすがに今日は食欲が湧きそうにない。一に緊張、二に緊張、三四も緊張だ。ばくばくと鼓動はうるさいし、脇汗もひどい。「はあぁ……」と震える息を吐く。

「どうしよう、瑛人。どん引きされたら、友達が一気に減るよな？」

「そこはもう覚悟するしかないんじゃないか？　まずは本当のことを正直に伝えて、あとは時間をかけて認めてもらうしかないと思う。みんなにどんな反応をされたとしても、俺らはちゃんと受け止めよう」

「ま、そうだよね。俺も自分のことじゃなかったら、目ん玉飛びでるほどびっくりすると思うし。受け入れてもらえるかどうかは、次の段階の話だな」

タイミングを見て、切りだすのは昴流から。どうしても言えそうになかったら、瑛人に目線を送り、バトンタッチする。小声で打ち合わせをしているうちに、予約していた席の用意ができたようだ。暖簾を割って現れたスタッフに導かれ、奥の座敷席に案内される。

ひたすら深呼吸を繰り返しつつ皆の到着を待っていると、まずは智樹がやってきた。

智樹は「お疲れー」とにこやかに手を振ったのも束の間、昴流の向かいであぐらをかいた途端、眉をひそめる。

「どうしたんだよ。顔色がよくないぞ。具合でも悪いのか?」

「えっ、そう?」

きっと緊張しすぎているせいだ。智樹とは毎日のようにみやので会っているだけあって、なかなか鋭い。「き、気のせいだろ」と口角を持ちあげ、血色をよくすべく拳でぐりぐりと顔面をほぐす。

そうこうしているうちに拓夢と颯馬もやってきた。

全員揃うと、「話って何?」とさっそく訊かれたが、まずは乾杯しようということで、各々ビールを頼み、「お疲れさーん」とジョッキを合わせる。

「焼き鳥何本頼む?」「あ、鳥酢食いたい」「手羽もいっとこうぜ」――五人で顔を突き合わすようにしてつまみを選んでいる間も、昴流の鼓動は爆音を刻みっ放しだ。機を窺えば窺うほど口のなかが乾き、頬の筋肉が硬くなっていく。だからついついビールに手が伸びる。

そんな昴流の様子を智樹はずっと観察していたらしい。

「なあ、まじで体調悪いんじゃねえの? どんどん顔が青ざめていってんだけど。それともめっちゃ言いにくいことをこれから言おうとしてるわけ?」

鋭く切り込まれてしまい、「あ、いや、その」と口ごもる。

「かか、体はいたって健康で――」

「もしかしてハナワカ解散するとか?」

拓夢が横から挟んだ声に、「ええっ」と颯馬と智樹が揃って反応する。

「なんで⁉　結成して一年も経ってねえだろ」

まさかそんな方向に話が飛ぶとは思っていなかった。「やめない、やめないって!」と慌てて両手を振る。

「じゃ、転職するとか?」

「おいおい、みやのを辞めてどうすんだ。若旦那だろ⁉」

「ちが、そっちもやめない……!」

「じゃあなんだよ、引っ越しでもすんのかよ」「あ、単身赴任?」「ちげーだろ」「美崎んちのホテルと合併するとか」「おおー、経営統合!」——まるで早押しクイズのような様相のなか、拓夢がタンタンと座卓を叩く。

「ねえ、ヒントは?　ヒント教えてよ」

「あ、えっと……仕事は関係なくて、プライベートな話。俺とその、瑛人のことで」

どぎまぎしながら答えると、拓夢が「分かった!」と甲高い声を上げ、瑛人を見る。

「結婚するんでしょ、美崎くん」

目を丸くした瑛人が「——俺?」と自分の顔を指でさす。

座が一瞬静まったあと、どっと沸いた。

「なるほど、結婚な！　そっかそっか、そういうことか。美崎は昔からモテまくりだったもんな。じゃ、昴流とのなんちゃって婚は解消するのか」

「……えっ！」

「くそう、俺らのなかでいちばん乗りじゃん。相手誰？　地元の子？」

「もしかしてパパになるの？　美崎くんはかっこいいから、赤ちゃんもかわいいだろうな」

かろうじて的を射ているのは、『結婚』というワードだけだ。またもや明後日（あさって）の方向へ先走られてしまい、「そうじゃないって……！」とうろたえる。

あははと笑い飛ばしたのは、瑛人だった。

「結婚ならもうしてるよ。俺の相手は昴流。みんなだって知ってるだろ？　俺は昴流以外と結婚する気なんてないから」

よかった、瑛人がはっきり言ってくれた。

だが三人は昴流にちらりと目をやることもなく、「またまたー」「昴流とはなんちゃって夫婦だろ」「仲がいいのは知ってるけどね」と口々に言う。

まったく眼中にない扱いをされ、ガチガチに緊張していたはずの心と体がほぐれた。

ある意味、これは最高のタイミングかもしれない。バンッと座卓を叩いて伸びあがり、「ちがう！」と叫ぶ。

「俺らはなんちゃって夫婦じゃなくて、本当の夫婦！　俺は瑛人のことが大好きで、瑛人も俺のことが大好きなんだ！」

——言ったぞ、ついに言った。

湧きあがる達成感にふぅと息を吐いたのも束の間、皆が皆、鳩が豆鉄砲を食ったような顔をしていることに気がつき、はっとする。

「本当の夫婦って何……。ど、どういうこと……？」

尋ねた智樹だけでなく、拓夢も颯馬も座卓に身を乗りだす。

六つの眸に食い入るように見つめられ、たちまち勢いが失速した。かわりにじわじわと頬を赤くする昴流のかわりに、瑛人が言う。

「実はその話がしたくて集まってもらったんだ。みんなは俺たちが町をひとつにするために夫婦になったって信じてると思うんだけど、それって半分当たりで半分外れなんだよね。俺たちは本物のカップルなんだ」

拓夢が「えっ」と声を上げ、瑛人と昴流の顔を見比べる。

「それって付き合ってるってこと？」

「付き合ってる。俺、ずっと昴流のことが好きだったんだ」

瑛人の返答に眉をひそめたのは颯馬だった。

「ずっと……？　最近好きになったんじゃなくて？」

「ずっとだよ。結構長い。中学の頃からだから」

生涯報われることのない恋だと諦めていたが、今年の春、美崎家と宮野家の間で縁談が持ちあがり、状況が一転した。あまりにも本人たちの意向を無視した縁談だったため、ご破算にしたくて両家の面々の揃う場で昴流にプロポーズをしたこと。けれどそれは、本気のプロポーズでもあったこと――。

瑛人は分かりやすく順序立てて経緯を語り、皆は静かに聞き入っている。

「ちなみに昴流のほうは、俺のことを友達としか思ってなかったよ。だけどいっしょに暮らすようになってから、少しずつ――な？」

「な、って……」

どうしてそこで言わそうとするのか。昴流の口から告げるのが重要だということなのか。すでにこの頬は茹でダコ以上に赤い。さっと両手で顔を覆い、「瑛人を好きになったってこと！」と早口で答える。「えええーっ」とどよめく声が聞こえた。

瑛人が昴流の背をぽんぽんと叩き、一同を見まわす。

「今度みんなで温泉旅行に行こうって話をしてるだろ？　あれでちょっと昴流と喧嘩っぽくなってさ。俺は正直、昴流にはみんなといっしょに風呂に入ってほしくない。旅行の話が持ちあがるたびに揉めるのは嫌だから、この際カミングアウトしようと思って。俺と昴流は、友達でもあるし、恋人でもあるし、ガチの新婚さんでもあるんだ」

少し遅れて、昴流も「――です」とうなずく。

しんと座卓が静まり返った。待てども待てども誰も言葉を発しようとしない。こっそり指の隙間から窺うと、皆一様に複雑そうな面持ちをしているのが見えた。

　これは本当に友達を失う事態になるかもしれない。

ま、仕方ないよな、と諦めることなど到底できず、昴流は顔を覆うのをやめた。

「みんなを騙すつもりはなかったんだ……」

　ひとりずつ順に見ながら、わななく声を絞りだす。

「白黒はっきりさせないほうが居心地よかったのは認める。こういうことって受け入れられない人は受け入れられないと思うし、友達関係が変わるのも怖かったし。……でも打ち明けないままでいるのって不誠実だろ？　瑛人と温泉旅行のことで揉めたときに気づいたんだ。ちゃんと伝えなきゃいけないなって」

　こくっとひとつ唾を飲む。

「ほんと、ごめん……」

　最後に押しだした声は、自分のものとは思えないほどかすれていた。

　重く打つ鼓動を感じながらうつむいていると、向かいに座っていた智樹がさっと立ちあがる。滅多に見ることのない険しい顔だ。ぎょっとしているうちに側にやってきて、ドンッ！　と体を押された。正座が崩れるだけでなく、勢い余って瑛人に肩をぶつけてしまう。

「ったく、おどろかせやがって。ずっと青い顔してるから、病気でも見つかったのかと思っただろ！　めでたい報告ならめでたい顔して臨めよっ」

「めで、めで……めでたい？」

「めでたいだろっ、本気の結婚報告じゃねえか！」

智樹が何に怒っているのかすぐに理解できなかった。「えっ……え？」と目を白黒させているると、今度は瑛人が昴流に勢いよくぶつかってきた。

瑛人は瑛人で颯馬に押されたらしい。細い眉を思いきりつり上げた颯馬が、鬼の形相で瑛人に吠えている。

「てめえ、ずっとってなんだ！　ずっと昴流が好きだったのか⁉　言っとくけどなぁ、俺が好きだった女の子、ことごとくお前がかっさらってんだぞ⁉」

「えっ、うそ」

「うそなもんか、全員お前の元カノだ！　昴流が好きならちゃっちゃと告って、くっついときゃいいものを……！　どんだけ遠まわりしてんだ！」

左右からの押し合いがいつの間にかくすぐり合いになり、「やめやめやめ……！」と瑛人と揃って身を捩る。そんななか、拓夢だけがあははと笑って、焼き鳥にかじりつく。

「二人とも硬い顔してるから、どんな話かと思ったじゃん。昴流くんと美崎くん、すごくお似合いだよ。温泉に入るかどうかで喧嘩するなんて、かわいいね。幸せそうで何より」

瑛人とまとめて揉みくちゃにされながら、目尻に涙が浮かぶのを感じた。

悲しくてつらくてこみ上げる涙ではない。うれし涙だ。言いにくいことを声にできた喜びと、大切な友人たちに受け入れてもらえた喜びがまじり合う。ちらりと瑛人を見ると、瑛人も「ごめん、まじでごめん！」と颯馬に謝りつつ、その表情はどことなく明るい。

「さて。お互いのどこに惚れたのか、じっくり聞かせてもらおうか」

「やっぱ楽しいの？　新婚生活って」

——その夜は、にやにや笑う三人にとことん追いつめられた。

大量の汗をかき、ときには顔を赤く染め、「もうほんと勘弁して……！」と瑛人の背中に隠れながらも、心のなかでほっとしていたことは言うまでもない。

「と、とりあえず、丸く収まったって思っていいのかな……？」

「あれだけこっぱずかしいことを語らせておいて、丸く収まってなかったら俺も困るよ」

うれしくもあり、身が細る思いもした飲み会だったが、禊と思えばアリだろう。おかげですっきりした気持ちで温泉旅行に参加できる。

昴流も瑛人もそう思っていたのだが——。

「なんかちょっとみんなの態度がよそよそしい気がしない？」

「する」

行きたい温泉地と宿をピックアップしてグループLINEに流しても、『いいねー』とありきたりな返事が来るだけで、日程をつめるところまで話が発展しないのだ。候補地がいまいちだったのかと勘繰り、二つ目、三つ目と探しだして送ってみるも、反応は変わらない。

さすがに不安になって、納品にやってきた智樹に尋ねると、「あー」と目を逸らされ、「旅行自体、厳しいかも」と言われてしまった。

「えっ、なんで！　みんなで行こうって話してたじゃん」

「ごめんごめん、いま立て込んでんだよ。また連絡する」

じゃ！　と逃げるように帰られてしまい、呆然とする。

この変わりようはいったい何なのか。もしかして三人から距離を置かれようとしているのだろうか。

「瑛人……。俺たちのこと、やっぱ無理って思われたのかな」

「うーん。カミングアウトしたときはそんな感じじゃなかったのにな」

「だよねぇ？」

今日は昴流も瑛人も日勤だったので、夜は二人の時間だ。夕食のあとはリビングのソファーに移動して、並んでカップのアイスを食べる。バカップルよろしく、「あーん」と食べさせ合いながらも、どうしても智樹と拓夢と颯馬の顔が脳裏をよぎり、複雑な気持ちになる。

「旅行、どうなるんだろう。あと、ハナワカの活動も」

「俺らじゃ、どうにもできないよ」

「やだなぁ、友達がいなくなるのは」

二人でため息ばかりついていると、昴流のスマホが鳴った。

智樹からの着信だ。智樹はほぼ毎日みやのに来るので、昴流が日勤か休日かくらいは把握している。

『――あ、昴流？　もう仕事は終わってる？』

「うん、家だよ。瑛人もいる。どしたー？」

『おっ、二人揃ってるんだ。ちょうどいいや。いまからそっちに行ってもいいかな？』

「いまから？」

思わず時計を仰(あお)ぎ見る。八時をまわったところだ。『大丈夫、家には上がらないから。渡したいものがあるんだ』と続けられ、だったらとオッケーして通話を終える。

「智樹、なんて？」

「んー、これから来るみたい。渡したいものがあるんだって」

「絶縁状？」

「あのさぁ、真顔で洒落(しゃれ)になんないこと言うなよ」

ぶすっと瑛人の脇腹を手刀(しゅとう)で突いてから、一応リビングを片づける。

しばらく待っていると、車のエンジン音がした。「あ、来たんじゃないかな」とソファーを立ち、瑛人とともに玄関を出る。

思ったとおり、庭の駐車スペースに入ってきたのは智樹の車だった。てっきりひとりで来るのだろうと思っていたのだが、助手席に拓夢が、後部座席には颯馬が乗っている。

「びっくりした。どうしたんだよ、みんなで」

「ごめんな、急に。いや、善は急げじゃないけどさ、今夜は二人とも家にいるって聞いて、早いほうがいいと思って」

車を降りた三人は何やら大きな段ボール箱——それも二つだ——を持って、昴流と瑛人のもとへやってくる。

意味が分からずぽかんとしていると、三人がすっと息を吸うのが分かった。

「結婚おめでとう！」

見事に揃った声と同時に段ボール箱を差しだされ、「えっ……？」と瞬く。

ずしりと重いそれを瑛人と二人、戸惑いながら受けとる。箱の中身はバーベキューコンロとアウトドア用のテーブルセットらしい。箱の側面に写真が貼られている。

智樹が照れくさそうな表情でうなじをかいた。

「それ、結婚祝い。俺たち、昴流と美崎が本物の新婚さんだったなんて想像したことなかったからさ、この間の飲み会のあと、ちゃんとお祝いしてないよなぁって話になって」

「あっ、言っとくけど、俺たちに肉食わせろって意味でバーベキューコンロにしたわけじゃねえから。ここって山んなかだから、周りを気にしないでバーベキューできるだろ？　二人で楽しく肉焼いて、仲よく食って」

と、颯馬が言ったかと思えば、そのとなりで拓夢が「でもテーブルセットは六人用を選んだから、ぼくたちを呼んでくれても全然いいよ」と笑う。

おどろきすぎて、すぐに言葉が出てこなかった。

ほんのさっきまで、皆に避けられているんじゃないかと深読みし、瑛人とともに落ち込んでいたのだ。ここ最近、三人の態度がよそよそしかったのは、このサプライズの相談をしていたからなのかもしれない。五人でも使えるバーベキューセットを選んでくれたのも、俺たちはいつまでも友達だぞというメッセージのようでうれしかった。

「ありがとう……めっちゃうれしい」

昴流が赤らんだ顔で言うと、瑛人も「ありがとう」とつまらせた声で言う。

三人が三人とも、満足げにふふっと笑った。

「あと、ハナワカで行こうって話してた旅行のことなんだけど——」

智樹が言いながら、拓夢と颯馬に目配せをする。

「みんなで話し合ったんだ。俺らは今回辞退するから、まずは二人で行けよ」

「え、なんで？」

「休みがとれるんなら、新婚旅行に行けばいいじゃん。ていうか、やっぱそれが先じゃね？

家が商売やってたら、旅行なんて滅多に行けないんだからさ。ハナワカの旅行はまた今度でいいよ。——な？」

智樹の呼びかけに、残りの二人もうんうんとうなずく。

新婚旅行。ばたばたと忙しい日々を送っているので、正直考えたこともなかった。

三人は言いたいことだけ言うと、「じゃまた！」と踵を返し、車に乗り込む。コーヒーでも淹れるからと慌てて引きとめたものの、「いいって、いいって」と手を振り、帰っていった。

「……なんか、たった五分くらいの間にいろいろあったな」

「……うん。めっちゃびっくりした」

大きな結婚祝いの品をリビングに運び入れながら、興奮で頬が火照るのを感じた。

わざわざ皆でお祝いを届けにきてくれたのもうれしいし、バーベキューセットというチョイスもうれしいし、皆から避けられているわけではなかったのだと分かったのもうれしい。さっそくコンロの梱包を解いた瑛人も、「おおー、いいじゃん」と笑っている。

ただでさえ、幸せな新婚生活を送っているのに、もっと幸せになってしまった。

夢のような心地のまま、瑛人と視線を交わす。おそらく考えていることはいっしょだ。

「行っちゃう？　新婚旅行」

昴流がまさに言おうとしたことを、瑛人が先に声にする。

一秒にも満たない差だ。それでも瑛人のほうから問いかけられたことがうれしくて、満面笑顔でその腕のなかに飛び込む。

「行くーっ！」

新婚旅行――。

全身くすぐりの刑かよと突っ込みたくなるほど、くすぐったい響きだ。この言葉を思い浮かべるだけでのぼせたようになり、にまにまと笑ってしまう。

せっかく智樹たちが勧めてくれたのだ。行くなら早いほうがいい。むしろ、待てない。

瑛人と相談し、クリスマスシーズンと年末年始の繁忙期にかからないよう、十一月に行くことにした。観光業に従事している以上、とれるのはせいぜい二連休なので、一泊二日、国内限定の旅だ。「新婚旅行なのにしょぼくね？」と智樹に言われたが、まったくもってしょぼくない。「どこにする？」「ここはどう？」と瑛人と楽しく行き先を吟味して、海に面した町にある温泉地に白羽の矢を立てた。

旅館組合のホームページを見たところ、温泉の町というよりもリゾートの町といった雰囲気で、気候も温暖らしい。大半の宿泊施設はオーシャンビューを売りにしている。夏場はきっと海水浴を楽しむ観光客で賑わうのだろう。ハナワカで行く旅行なら、昔ながらのしっとりとした温泉地を選ぶかもしれないが、今回は新婚旅行なので仕事を抜きにして考え、純粋に行ってみたいと思う場所にした。

「──やばい、楽しみすぎる。一日が八十時間くらいあればいいのに」

行きの新幹線のなかでも昴流は浮かれっ放しだった。

となりにいる瑛人があははと笑い、「ながーよ」と突っ込む。

「じゃ、何。瑛人はあっという間に終わる感じでいいわけ？」

「そんなことは言ってないだろ。俺は秒単位で堪能するって決めてるんだ。だからまばたきもあまりしたくない。一日が八十時間もあったら俺の目が乾く」

本当に瑛人が目を見開いてみせたので、今度は昴流があははと笑う。

些細な会話でも楽しくてしようがないのは、いつものことだ。結構長い移動距離だったのにもかかわらず、あれこれ話しているうちに目的地に着いた。

かなり奮発していい宿をとったので、旅のメインは宿泊に置いている。それでも一応観光をしておこうということで、海の見える絶景スポットや水族館に立ち寄る。そうこうしていると、チェックインの時間が迫ってきた。こうなってくるとせっかちな昴流は待ちきれず、「行こうよ、行こう」と瑛人の腕をぐいぐい引いて、宿へ向かう。

「おっ！　なんかいい感じ」

アジアンリゾートを思わせる外観の宿だ。緑豊かな山の斜面にある。全室ヴィラタイプで、すべての部屋に源泉かけ流しの露天風呂がついているのだという。

部屋へ案内されると、昴流はただでさえ大きな目をさらに大きくさせた。

「す、すげえ……！」

まるで豪華な一軒家だ。広々とした玄関もあれば、モダンな設えで統一されたリビングもある。窓を大きくとっているので採光がよく、ソファーの周りには夕暮れどきのやわらかな陽射しがそそいでいる。寝室にはキングサイズのベッドが二つ。内風呂は庭を臨めるガラス張りになっていて、ガラス戸の向こうには湯気の立つ露天風呂があった。

「すごくない？　めっちゃいいよ、ここ」

鼻息を荒くして瑛人を振り返ると、「奮発して大正解だったな」と瑛人も笑顔を見せる。

早めにチェックインしたので、夕食までまだ時間がある。温泉旅館の若旦那なのだから、温泉を後まわしにはできない。「俺、入る！」と高らかに宣言して、服を脱ぐべく洗面所へ駆け込む。

「だったら、俺も」

「いいけど、時差つけてよ？　五分くらいでいいから。服脱ぐとことか見られるの、やっぱはずかしいもん」

「いまさら？」と笑いつつ、「了解」と応えてくれる瑛人が大好きだ。

内風呂も気になったが、このシチュエーションだとまずは露天風呂からだろう。ガーデンシャワーがあったのでそこで体を洗い、さっそく露天風呂に進む。

どっしりとした石造りの風呂だ。山のなかでもあるので、たくさんの木々に囲まれている。近くにはヤシやドラセナ、シュロの木なども植えられており、まるでバリ島にでも来ているような気分だ。湯の温度もちょうどよく、肩まで浸かると、「はあぁ……」と至福の吐息が洩れる。

しばらくして瑛人もやってきた。

「おおー、最高だな。ロケーションもいいし」

「ねー」

視界はほどよく開けていて、枝葉の向こうに水平線が見えた。まだ日が落ちるには少々早い時刻だが、太陽はすでに日暮れの色に変わりつつある。空と海を染める、黄金色の夕陽。とろりとした蜂蜜のような色合いだ。

思えばこんなふうにじっと、夕陽を眺めることなど初めてかもしれない。

いま、特別な時間を瑛人とともに過ごしている。

新婚旅行に出かけたカップルは、皆こういう気持ちを味わうのだろうか。素肌でとなり合い、同じ風景を目にしていると、俺たちは想いを伝えるだけじゃない、重ねることができたんだとあらためて感じられて、胸が熱くなる。

「なんか……すごい幸せ」

夕陽に照らされた空を見つめながら呟くと、瑛人に髪をいじられた。あたたかな水滴が、昴流のこめかみに伝う。

「俺がいるから？」

「当たり前じゃん。二人で行く初めての旅行なんだから、俺は朝からずっと幸せだよ」

ふっと微笑(ほほえ)んだ瑛人が、昴流の頭を抱き寄せる。

「俺は俺がいることで、幸せだって言ってくれる昴流がいるから幸せだ」

瑛人らしい言いまわしだ。少し距離があってじれったい。「あのさ——」と体を捻(ひね)り、目の前の首根に両腕を絡ませる。互いの鎖骨(さこつ)に湯が伝った。

「瑛人はもしかして、自分のほうが『好き』って気持ちが強いって思ってない？」

「思ってるよ。昴流と友達でしかなかった頃から好きだったから」

やっぱりなと思い、ふふっと笑う。

「言っとくけど、俺の『好き』はとっくに瑛人に追いついてるよ。瑛人がうれしそうにしてたらうれしいし、悲しそうにしてたら悲しい。俺が瑛人の宝物なら、俺にとっての宝物は瑛人なんだ。瑛人と生きてく毎日を心から大事にしたいって思ってる」

分かりやすくおどろいている顔を両手で挟み、口づける。

ついばむそばから唇がほころび、うれしそうに笑う吐息がかかった。

「たまに昴流はぐっと来ることを言うからびっくりする」

「たまにってのは——」

余計だろと言ってやろうと思ったら、瑛人が顔を傾けるのが分かった。

目許に影がかかり、唇と唇が触れ合う。

「ん……」

瑛人のキスはいつも丁寧だ。とっておきの花びらを愛でるように、上唇と下唇をそれぞれ吸われる。舌を絡ませ合うキスも好きだが、こういうキスも大好きだ。ゆっくりと高められる分、知らず知らずのうちに夢中になってしまうのかもしれない。

さりげなく胸の尖りを撫でられ、「ぁ、っ」と細く啼く。その声も瑛人の唇に奪われた。

普段ならまだ働いている時間だ。秋の繁忙期を乗り越えたからこその、最高のご褒美。二人きりの苑に、湿った音が繰り返し響く。

「来てよかったね、新婚旅行。幸せ満喫の旅。智樹たちに感謝しないと」

「ほんと、それ」

顔が離れた。かわりに汗と湯気で湿った前髪をかき上げられる。

むっとして眉根を寄せる。その気になりつつあるときに離れないでほしい。この距離でも遠い。

「瑛人」

ほとんど吐息のような声で名前を呼んで、片手でうなじを引き寄せる。

「俺がいま、何考えてるか分かる?」

「んー、どうだろう。俺と同じ気持ちだったらうれしいな」

「言って」

待ちきれなくて、もう片方の手もうなじにまわす。庭園灯を映す水面がきらっと瞬き、さざ波が立った。

「――『ベッドに行きたい』？」

「正解」


バスローブも羽織らずに、二人でキングサイズのベッドになだれ込む。

ラグジュアリーなベッドルームに二人きり。それも互いに裸だということに興奮した。汚さないようにとシーツの上にバスタオルを敷こうとしたが、きれいに整えるのがまどろっこしい。

結局波打ったままのタオルの上に尻を乗せ、開いた脚の間に瑛人を引き入れる。

肌と肌が重なった瞬間、唇を奪われた。

「っ……はぁ」

もうついばむようなキスではない。男を感じる瑛人のキス。舌でこそぐように口のなかを舐められ、乱れた息が鼻から抜ける。

「待っ……あっ、ふぅ……ん」

瑛人瑛人、瑛人。名前を呼ぶかわりに、忙しなくその肌に手を這わす。ついさっきまで並んで湯に浸かっていたので、どちらがどちらの体なのか分からないほど同じ体温だ。まだ繋がってもいないのに融け合っていて――。

「んぅあっ」

体の真ん中でそそり立つものを捕らえられた。まぶたがカッと熱くなる。

「いい感じ」

「じ、自分だって」

摑み返してやろうと思ったが、するりと逃げられた。

「昴流に興奮されるの、めちゃくちゃうれしいんだよな。俺のものなんだって感じられる」

「何言っ……んあっ、とっくに瑛人のもん、だろが」

「分かってるよ。分かってるんだけど、昴流に告白されたときから幸せすぎて、夢のなかで過ごしてるような感じだから」

「夢、って」

本物の新婚さんになってから、いったい何度抱き合ったと思っているのだろう。ベッドへなだれ込む前も、俺の気持ちは瑛人に追いついていると伝えたばかりだ。

むっとして鼻の付け根に皺を寄せるも、瑛人は見ていない。「ここ、好きなんだよな」と言いながら背中を丸め、昴流の乳首に吸いついてくる。

「はぁっ……ぅ」

瑛人に抱かれるようになってから、よさを知った場所だ。

繰り返し吸いつかれ、やわらかだったはずの芽がきゅっと凝る。舌先で抉るように舐めたり、やさしく歯を立ててかじりついたり、その間もゆるゆると性器を扱かれ、体中が熱くなる。乳首から広がる甘怠い疼痛がダイレクトに下肢に響き、たまらなく心地好い。

「うん、ふう……あっ……はぁ」

ふいに瑛人が下へ向かう気配がした。

すでに昴流のペニスは濡れそぼち、これ以上ないほど勃ちあがっている。反射的に手で覆いかけたのを払いのけられ、脈打つ幹に口づけられた。

一瞬で腰が蕩け、喘ぎまじりの息を吐く。

瑛人は舐めたがりなので、キスだけでは終わらない。官能の色に染まった亀頭にも括れにも丁寧に舌を這わせ、果芯の熱さや弾力を確かめている。

「は……ぁ」

乳首をちゅくちゅくと吸われるのも好きだが、ここ以上に感じる場所はない。こめかみが火照るのを感じながら愛撫を味わっていると、ペニスを口腔に収められた。そのまま音を立ててしゃぶられ、慌てて起きあがる。

「ちょちょっ、口はだめだって……！　いつも言ってるだろっ」

昴流が許しているのは、舐めることまでだ。初めて瑛人に唇で扱かれたとき、十秒も持たずに達してしまったので、それ以来、「ぜーったいだめ！　俺の男子としてのプライドがズタボロになるからっ」と拒(こば)んでいる。

「いいだろ、新婚旅行なんだから。いくのが早くても、俺にとってはかわいいだけだよ。それに俺が飲んだらシーツは汚れないわけだし」

「のっ……飲む⁉」

前回はいく寸前に唇から抜いてもらったので、瑛人の口のなかで放ったわけではない。

びっくりしてうろたえている間に、瑛人が再び昴流の股間に顔を埋(うず)める。いきなり唇を使って大胆に扱かれた。

「ちょ、待っ……ぁあっ、——だ、だめだって、はあぅ……ぅ」

舐められるだけでも相当なのに、咥(くわ)えられるともう耐えられない。生々しく動く唇と舌の両方に攻められ、腰が立て続けに跳ねる。

ここは瑛人の口のなか。亀頭に当たっているのは喉(のど)だ。目を見開いて現実を受け止めることで冷静になろうとしたが、無駄な努力に終わった。きれいな雄(おす)の獣に欲芯(よくしん)を貪(むさぼ)られている画(え)に興奮し、射精の欲がせり上がる。

「ほんとだめ、出るっ……出るってば！　ちょ、も……っ」

瑛人の肩を掴んで必死に訴えるも、聞き入れてもらえなかった。いっそう深く咥えてきて、亀頭を丸呑みするように吸いついてくる。目の奥が白くなり、強烈な痺れが走った。

「あっ、あっ、あ！」

ほとんど悲鳴に近い声を放ち、どぷっと勢いよく瑛人の喉に精液をぶつける。あまりの快感に、胸が大きく弾んだ。

（いっちゃった……瑛人の口のなかで……）

羞恥心と深すぎる余韻の狭間で呆然としていると、瑛人が体を起こした。親指の腹で口の端を拭い、満足そうな笑みをたたえてみせる。

「おいしかったよ、昴流。ごちそうさま」

「————！」

これほどはずかしいごちそうさまは初めてだ。

まちがいなくこの顔は真っ赤に染まっているだろうが、構ってはいられない。わなわなと拳を震わせ、力任せに瑛人を押し倒す。ダンッ！　と大きな音がした。

おどろいて目を丸くしている瑛人に、鼻息荒く宣言してやる。

「次は俺の番な」

「……え？」

「いいだろ、新婚旅行なんだから」

眇めた目で見おろし、まったく同じ科白を返す。ついでに逃げられないように瑛人のペニスをむぎゅっと摑む。

「い、いいよ、しなくて！　暴発するに決まってんだろ」

「だから何。俺なんていつも暴発してるようなもんじゃん」

瑛人のずるいところは、かわいいだのなんだのと口にして、昴流に対してはなし崩しに事に及ぶくせに、自分が同じ立場になったとき、逃げようとするところだ。実際、毎回逃げられているので、昴流はただの一度も瑛人のペニスに口づけたことがない。

「俺にも愛させて。瑛人は俺のを舐めたり吸ったり、今日なんか飲んだんだぞ？　にもかかわらず、俺には何もさせないってどうなんだよ」

「いやいやいや、そこは対等じゃなくていいだろ。俺は尽くしたいからやってるだけで、昴流に同じことを求めてるわけじゃ――」

往生際（おうじょうぎわ）の悪い言い訳を聞いているうちに夕食の時間になりそうだ。

「じゃ、俺も尽くす。超好きだし、瑛人のこと」

さくっとけりをつけ、瑛人の股間に顔を埋める。「うっわぁ」と叫ぶのが聞こえた。

少し前の昴流と同様に、瑛人のペニスは勢いよく勃ちあがっている。さて、俺の旦那さんのココはどんな味なのか。内心にまにましながら、まずは肉茎（にくけい）の側面に舌を這わす。

（あ、すご……）

嫁として惚れ惚れするほど、ギチギチだ。これは人体の一部ではなく、極太の乾電池なんじゃないのかと訝ってしまうほどの硬さ。ずいぶん蓄電されているようで熱い。舌だけでなく唇もいっしょにうごめかすと、幹はさらに張りつめ、男らしい血管をあらわにする。

　へえと思い、今度はてっぺんに吸いつく。丸々とした立派な亀頭で、苦みのある汁をまとわせている。蜜口に舌先を捻じ込むようにして舐めとると、すぐに次の汁が滲んできた。分かりやすい反応にちらりと上目をつかう。

　瑛人は後ろに手をつき、いつの間にか体を起こしていた。

　昴流にフェのつくプレイをされていることがまるで信じられない――そんな表情で目を瞠っている。思考の半分以上を白く染めているだろうことが容易に想像できたので、あえて瑛人から視線を外さないまま、雄茎に伝う露を舐めとってやる。

「ねえ、ちゃんと見ててよ？　これ、夢じゃないから。俺はね、瑛人が思ってる以上に、瑛人のことが好きなんだ」

　想い合っているのは確かなのに、気持ちに差があると思われるのはやはりさびしい。

　長すぎた片想いがそうさせるのだろうが、昴流の想いはとっくに満ちている。親友も恋人も旦那さんも、瑛人がいい。世の中にどれほど王子さま風の男子がいようとも、昴流の相手は瑛人ひとりだ。

　ありったけの想いを込めて、顔を右に左にと傾けながら瑛人の欲芯にキスを繰り返す。

　瑛人が震える息をつき、昴流の髪に片手を差し込む。耳からこめかみ、また耳へと狂おしくさまよいながら、まさぐられる。

「ごめん、昴流。まじでいつイくか分からない……」

「そこ、謝るとこじゃないから」

快感を与えたくてしていることなのだから、極めてもらえるほうがうれしいに決まっている。

だが、咥えて扱くというのがうまくできない。瑛人の雄は太い上に長いので、口のなかにすべて収められないのだ。

「ねえ、瑛人。根元まで口に入れようと思ったら、どうすればいいわけ?」

ちゅるんと口からモノを引き抜いて尋ねると、瑛人が怯んだような顔をした。昴流がぱちっと瞬く間に、目の縁を赤くする。

「そ、そこまでしなくていいって。舐められるだけでもその、十分気持ちいい」

「いいから教えて。瑛人はもっと大胆にしてくれたじゃん」

「や、でも」

「いいから」

むにむにと陰嚢を揉みしだき、答えを急かす。瑛人がいよいよ真っ赤になった。

「口を……縦に開けるとやりやすいかも。横じゃなくて」

「あ、合唱するときみたいな感じ?」

「がっしょう? ……あ、うん、そうだな。合唱」

さっそく試してみると、先ほどより断然やりやすくなった。

なるほど、これなら呑み込める。上下に顔を動かしながら唇で扱いていると、瑛人の雄はますます成長し、持て余すサイズになっていく。

いったいどこまで大きくなるのか。最初に見たものは、最終形態ではなかったのか。うっかりすると、ぶるんと躍って口から飛びでてしまうので、猫じゃらしに夢中になる猫よろしく、ひしと捕まえ、また唾液でべたべたにしてやる。

「ん……」

口いっぱいに瑛人のものを頬張っているうちに、不思議なことに昴流も昂ぶってきた。

頬の内側を猛った亀頭で打たれるたび、じんと目許が熱くなり、陶酔したような心地になる。

瑛人が昴流の髪をまさぐりながら、時折湿った声を洩らすのも新鮮でいい。さりげなく自分の股間に手をやると、瑛人に抜かれたのにもかかわらず、男子の証が硬くなっていた。

案外これは二人で気持ちよくなれる行為なのかもしれない。だったらもっとと、気合いを入れて唇を使っているときだった。瑛人が「ちょっ……！」と叫び、昴流の肩を押す。ほぼ同時に口のなかで性器が爆ぜ、雄の熱い滴りで満たされた。

「——ごめんっ」

瑛人がさっと体を反転させ、枕元にあったボックスからティッシュペーパーを数枚引き抜く。これに吐きだせということなのだろう。顎近くに差しだされたティッシュの塊をじっと見おろしてから、生温かな精液をごくんと飲みくだす。

瑛人がはっとしたように目を瞠った。

「もしかして、飲んだ？」

「うん、ごちそうさま。……よかった、瑛人を気持ちよくさせることができて」

自分の唾液で濡れた口許をこしこしと拭っていると、いきなり押し倒された。

飛びかかられるとはまさにこのことだ。ベッドマットが弾むだけでなく、いくつも並んでいる枕もぱふんと跳ねる。

「な、何！　びっくりするだろっ」

「飲んだって全部？」

なぜか瑛人は必死な形相だ。

どうしてそんな顔をするのか分からず、ぱちぱちとまばたきを繰り返す。

「だめだったってこと？　自分は飲んだのに？　一滴も残ってないよ？」

こうしてしゃべっているのだから、飲み干したに決まっている。分かりやすく口を開け、べえと舌を出してやる。

見る見るうちに瑛人の眉間が狭まった。

これは腹を立てたということなのか。いや、腹を立てているにしては目許が赤い。

（ん？　――興奮、してるってこと？）

たぶん当たりだ。瑛人は男を通り越して、獣のような顔をしている。

途端にどぎまぎし、頬が熱くなる。そういう昴流の反応も引き金になったのかもしれない。

瑛人が「はっ……」と息を押しだす。次に昴流を見つめて生唾を飲み——。

気づいたときには、嚙みつくように口づけられていた。

「んんぅっ、く、……はぁ」

「べろ出して。さっきみたいに」

上擦った声でねだられ、意味が分からないまま、べっと舌を出す。次の瞬間、強く吸われ、瑛人の口のなかに引き込まれた。

執拗に唇で舌をしだかれ、じゅんと唾液が染みだす。これほど激しいキスは初めてだ。戸惑うよりも先に濃厚な快感が広がり、頭の芯が痺れていく。甘すぎるシロップのなかに脳髄を浸されるような感覚だ。ふはふはと鼻息を洩らして喘いでいると、今度は唇に吸いつかれ、口内を犯される。

舌の裏表、頬の内側、そして口蓋へ。くまなく這う瑛人の舌が白濁の残滓を拭う。

「な、なんでこんな、急に……っん、……興奮しすぎだってば」

「興奮するに決まってるだろ。昴流にあんなことされたら」

ぐっと抱きしめられた拍子に、瑛人の欲の根が漲っていることに気がついた。

えっ、さっき出したよな？——声には出さなかったものの、揺れる眸で伝えてしまったらしい。瑛人がむっとした顔をする。

「一回出したくらいで萎えるもんか。半分は昴流のせいだからな」

「は、半分って、じゃ残りの半分は？」

「昴流を好きすぎる、俺のせい」

「――――！」

ぽっと赤らんだ頬を瑛人が撫でる。

その手がくるりと躍り、長い指が二本、昴流の口に侵入してきた。熱烈なキスで腫れぼったくなっている舌を、今度は指でくちゅくちゅともてあそばれる。

「ふ、ぅっ、は……」

舌を揉まれ、喘ぐ唇の端から唾液がこぼれる。ほとんど溺れそうになっていると、指を引き抜かれた。瑛人はその手を下方へ持っていき、昴流の後孔に押し当てる。

くぷっ、と第一関節が埋まる感覚に、「っあ……！」と背をしならせる。

瑛人は指を動かして入り口の硬さを確かめると、昴流の太腿を押しあげた。

何度抱かれていても、大胆にさらされるのはやはりはずかしい。「まま、待っ――」と叫んだ声が、後孔にあてがわれた舌を感じた途端、かすれた喘ぎに変わる。

「やめ、……ちょっ、ああ……っ」

ただの口づけではない。性交するためにほぐそうとする舌の動きを察し、頬どころか全身が熱くなる。

「だっ、だめだって！　……あれは？　あれがあるじゃんっ」

あれとは、普段使っているローションのことだ。ちなみに瑛人の姉から贈られたクリームとジェルはあっという間に使い切ってしまったので、自分たちで購入したものだ。今回の旅行にも持ってきており、瑛人のキャリーバッグのなかに入っているはずなのだが――。

「無理。いまは一秒も昴流と離れたくない。ちゃんとほぐすから我慢して」

科白と後孔への口づけ、両方に「ひゃあぁ」と叫ぶ。

昴流にとってココは、尻の孔以外の何ものでもない。けれど瑛人にとっては、もうひとつの唇――それもすこぶるかわいらしいもの、という認識なのだろうか。上の口にするキスと同じくらい情熱的に襞の表を舐め吸われ、たちどころに息が上がる。

「あぁ、や、待っ……はぁ、あ」

施される口づけの熱さに羞恥心を溶かされるなか、窄まりに指を差し込まれた。

反射的に「っ……！」と息をつめたものの、四肢に走ったのは痛みではなく快感だ。瑛人も気づいたのだろう。すぐに指を二本に増やし、蕩けそうに潤んだ昴流のなかをかきまぜる。指を抜き差しされながら、陰嚢や会陰を舐められ、びくびくとつま先が躍る。

瑛人のものを口で愛しているときから、感じていたのだ。

もう繋がってしまいたい。願いを込めて、汗ばんだ顔を下方へ向ける。

瑛人と目が合った。

その一瞬で通じ合ったのだろう。瑛人がずり上がってきて、やわらかく溶けた昴流の後孔に猛ったものをあてがう。

「ぁは……あっ、あ、……んんっ」

正常位で貫かれた瞬間、あまりの快感に仰け反った。

昴流が求めていた以上に瑛人も求めていたのだと、穿たれた楔の硬さで知る。ありありと感じる、男らしいその形。隘路をみっしりと塞がれて苦しいほどなのに、うねる内襞がさらなる奥へ瑛人を取り込もうとする。

「あ、あ、あ……っ」

瑛人と恋人になるまでは、まさかこの孔に男根を呑み込んで気持ちよくなる日が来るとは思ってもいなかった。

昴流、とかすれた声で呼びながら奥を抉られ、言いようのない充足感に包まれる。夢中になって瑛人をかき抱き、同じように名前を呼ぶ。体と体がきつく密着するのも刺激となり、昴流の肉芯が喘ぐように粘液を散らす。

「すご……。なんか、もう」

「いきそう?」

「ん。でもやだ。俺、もっと瑛人と……あっ、こうしてたい」

口では言うものの、とても叶えられそうにない願いだ。濡れほぐされた体の奥を瑛人に突かれるたび、こまやかな光がまぶたの裏で瞬く。腹の底から湧きあがる射精の欲は獰猛で、一秒ごとに昴流を追いつめる。

「っ、——」と低く瑛人が呻いた。

確かな強さで体を揺さぶられ、目が眩むほどの甘い渦に巻き込まれる。

「ああっ……！」

甲高い声を放ったのと同時にぶるっと昴流の性器がわななき、白濁が弧を描く。

けれど瑛人はまだ終わらない。捏ねる動きに突きあげる動きをまぜてきて、新しい渦に昴流を引き入れようとする。

「だ、だめ……っも、あ、うっ」

体も意識もどこかへ飛ばされてしまいそうだ。必死になって瑛人の体に脚を絡めると、結合がいっそう深まり、鮮烈な快感に背筋を貫かれる。蕩けきった肉壁がきゅうきゅうと瑛人の雄を締めつけるのに、瑛人はそれを振りきり、また穿つ。

一際強く最奥を突かれたとき、瑛人が身震いをした。

どくっ、と荒々しく情液を肉壁にぶつけられる。

体の内側をぐしゃぐしゃに濡らされる感覚に、昴流もまた身震いをする。二つの体の間で性器が新しい露をこぼした。

ここが自宅の寝室なら、しばし抱き合って余韻に浸るところだが、そうはいかない。はっとして、おっかなびっくり身じろぎをする。

「シーツ、汚れたかな？」

「ギリ、大丈夫。バスタオルがあったから」

「ほんと？　よかった」

さすがに睦みごとで宿のシーツを汚すのははずかしい。後孔からとろとろと垂れてくるものを拭われたあと、やっと瑛人と並んで息をつく。もちろん、心も体も満たされたゆえのため息だ。まだ火照りの引いていない顔で笑い合う。

「初っ端から燃えた」

「いいじゃん。新婚旅行なんだし」

よいしょと体勢を変えて、瑛人の胸に顎を乗せる。

今日一日で何度告げたか分からないほどだが、まだ言いたい。

たぶん、明日も言う。明後日も。

「俺、瑛人が大好き」

ちゃんと目を見て伝えると、瑛人が、ふ、と笑い、眦をやさしくした。

昴流のいちばん好きな表情だ。目許も口許もほころんでいて、花咲く季節の穏やかな陽を思わせる。瑛人はそんな表情で手を伸ばしてきて、昴流の髪を撫でる。

「俺も、昴流が大好き」

うん、とうなずき、愛おしげに髪をいじる手を存分に味わった。


楽しくて幸せな時間ほど、瞬く間に過ぎていく。

一泊二日の新婚旅行を終えて花降る町へ帰ると、再び慌ただしい日々が始まった。

もちろん、智樹と拓夢と颯馬には土産をどっさり渡した。「おっ、どうだった？ 楽しかった？」と根掘り葉掘り訊かれ、はずかしい思いもしたが。

「あー、また行きたいな、新婚旅行。温泉もよかったし、宿も最高だったし。今度はみやのみたいな和風旅館に泊まってみたいな。もちろん部屋に露天風呂がついてるところ」

今日は瑛人といっしょに久しぶりにとなり町の喫茶店、すみれに来ている。

互いに日勤なので、外でランチをしようという話になったのだ。まだ旅先から帰って一週間も経っていないせいか、ナポリタンパスタをくるくるとフォークに巻きつけながら、昴流の口から出るのは新婚旅行の話題ばかりだ。

「昴流。新婚旅行は一生に一回だけだよ。次行くなら、周年旅行だろ」

「えー、いいじゃん、二回でも三回でも行けば。生涯新婚さんってことで」

思いつきで言った自分の言葉が、なかなかの名案に思えた。となりでドリアを食べていた瑛人も、「なるほど、そう考えるとアリか」とスプーンを止める。

「だろ?」

「じゃ、いつまでも仲よしの新婚さんでいようか」

「うん。そうしよう」

新婚旅行に行ってよかったのは、いままで以上に仕事に対して気合いが入ったことだ。たくさんある温泉地のなかから花降る町を選び、そしてみやのを選んでくれた客を、精いっぱいもてなすこと。宿泊客の『特別な時間』を決して台なしにしてはならない。旅先で瑛人と心ゆくまま『特別な時間』を過ごしたことで、若旦那という自分の役割の重要性が見えてきた気がする。瑛人もMISAKIの専務として、帰りの新幹線のなかで同じことを言っていたのがうれしかった。

「――あ、もうこんな時間だ。急がなきゃ」

瑛人と二人でいると、あっという間に時間が経つのはいつものことだ。ばたばたと会計を済ませ、並んでコインパーキングに向かう。

そろそろ十二月が近い。頬に触れる風は冷たいものの、快晴だ。夏とはちがう、やさしい水色の空が広がっている。

――じゃ、いつまでも仲よしの新婚さんでいようか。

――うん。そうしよう。

ふいに店で交わしたやりとりがよみがえり、にまっと口許をほころばす。

何気ないやりとりだからこそ、ぎゅっと凝縮(ぎょうしゅく)された幸せを感じる。本当にいつまでも瑛人と新婚さんでいられるのなら最高だ。もとより、それ以外の未来など見えないのだが。

「何ひとりで笑ってんだよ。機嫌よさそうじゃん」

瑛人に気づかれた。ぽんと軽く背中を叩かれる。

「べっつにー」

「言えよ、気になるだろ」

つんと脇腹を突いて急かされ、昴流も「えー?」と言いながら突き返す。

「ま、ようするに、俺はめっちゃくちゃ幸せだなぁって感じたってことだよ」

昴流と瑛人は、花降る町でいちばん仲よしの新婚さんだ。そう自負している。ひとりよがりでない証拠に、瑛人が昴流の頭を抱き寄せ、「俺も幸せだよ」と弾んだ声でささやく。

耳にほんの一瞬触れた唇がうれしくて、昴流は笑って身を捩らせた。

あとがき
AFTERWORD

―彩東あやね―

今回は田舎の温泉町を舞台に、大好きな同級生ものを書かせていただきました。

雑誌のコメントでも書いたのですが、互いの関係が対等で、喧嘩も言い争いも日常茶飯事なところに萌えくすぐられます。昴流と瑛人の場合は、かかあ天下だということも重要な仲よしポイントのひとつです（笑）。瑛人は攻ではあるけども、内面は旦那さんを支えるお嫁さんタイプ、なおかつ結構繊細でもあるので、自分の気持ちをはっきり口にできる昴流といっしょにいれば、幸せを感じる場面が多々あるんじゃなかろうかと。昴流は昴流で、瑛人が大好きですし。いつまでも二人仲よく暮らしてほしいです（と、親心……）。

イラストは、木下けい子先生に描いていただきました。ラフをいただいて大興奮、雑誌で完成版を目にして大興奮！　の連続で、現在に至ります。お忙しい中、文庫でも昴流と瑛人を描いてくださり、ありがとうございます。また、担当さまを始め、本書の刊行に携わってくださったすべての方に厚くお礼申し上げます。

気軽に旅行に出かけるのが難しい世の中になってしまったので、花溢れる田舎町の風景と温泉、仲睦まじい二人の姿が、読者の皆さまの心の癒しにつながればうれしいです。

初めての朝

瑛人は朝の早い昴流のために、日勤もしくは休日のときは朝の四時過ぎに起床する。

今朝もピピピッと鳴り始めたスマホのアラームを止めようと、いつもの習慣でローテーブルに手を伸ばす。が、テーブルらしきものに届かない。うん？　と寝惚けまなこを眇め、自分がベッドにいることに気がついた。

（あ……）

となりでは、腕も足も投げだした昴流が、パンツ一丁という大胆な格好で寝息を立てている。

この新居に越してきてからというもの、瑛人はリビングのソファーで寝ていたため、寝室で目覚めるのは初めてだ。昨夜、昴流と想いを交わしたことを思いだし、柄にもなく頬が赤らんでいく。

（夢、じゃないよな……？）

そろりと体を起こし、真上から昴流の寝顔を覗き込む。

小三の頃に出会い昨日まで、ずっと友達関係だったので、これほど間近なところで昴流の顔を観察したことはない。額は狭く、睫毛は長め、鼻はちょこんと小振りで、なんだか仔犬のようだ。本人は四捨五入しても一七〇センチに届かない身長を気にしているようだが、小柄なところも瑛人はかわいいなと思っている。

（やばい……ほんとにかわいい）

無防備な寝顔を見つめているうちに、次第に鼓動が高まってきた。

生涯叶うことのない片想いだったはずなのに、まさか昴流と同じベッドで朝を迎える日が来ようとは。ごくっと喉を鳴らし、そっと唇を寄せてみる。まずは昴流の額に、次に頬、そして唇へ。触れるだけの口づけだ。昴流は相変わらず、くかーっと寝息を立てていて、目覚める気配はまるでない。

もっと大胆でもいいのかもしれない。今度はそっと抱きしめてみる。

が、さすがにこれは安眠妨害になったようだ。昴流が「……んだよ、もう」と不機嫌そうに身じろぎをして、まぶたを持ちあげる。

「ごめん、起こしたね。寝顔がかわいかったから、つい」

前髪を軽く撫でてやり、苦笑いで真横に体を横たえる。

三拍ほど置いて、昴流が「うわぁあ……！」と叫んで飛び起きた。その声量におどろき、瑛人もがばっと体を起こす。

もしかして寝惚けているのだろうか。どぎまぎしながら釘づけになっていると、今度は「わわっ！」と叫ばれた。どうも自分がパンツ一丁だということにおどろいたらしい。昴流は必死な形相でベッドの隅で丸まっているタオルケットを引っ掴み、自分の体に巻きつける。この間、おおよそ十秒ほどだ。

昴流の慌てぶりにじゃっかん怯みつつ、一応「おはよう」と言ってみる。

真っ赤に染まった顔で「おはよ……」と返ってきた。

ああ、俺たちらしいなと、頭の隅でちらりと思う。互いにベッドの上で正座をし、決まりの悪そうな顔を突き合わせている、そういうところがとても自分たちらしい。まさに『友達からたった一夜で恋人になったカップル』だ。

なんだかおかしくなってふっと笑うと、昴流も同じように笑う。

互いに一歩ずつにじり寄り——最後、瑛人の鎖骨にこつんと昴流の額が触れた。

「朝からめっちゃびっくりした……。目ぇ開けたらすぐそこに瑛人がいるんだもん」

「俺は昴流の声にびっくりしたよ。さっきの、ほとんど悲鳴だろ。同じベッドで寝ようって言ったの、昴流なのに」

「いや、言ったよ。言ったけど、やっぱびっくりするって。起きてすぐは寝惚けてるしさ」

言いながら、昴流が瑛人の背中に腕をまわす。タオルケットがはらりと落ちたタイミングで、瑛人も抱きしめ返す。まさかそれを待っていたのか、昴流がぐっと体重をかけてきた。

おかげで体を重ねた状態で、ぱふんっとベッドに倒れてしまう。

「ならいいや。じゃ、俺の朝メシはトーストとホットミルク程度でいいんなら」

「んー、朝メシがトーストとホットミルク程度でいいんなら」

「全然いい」

昴流がにかっと笑う。

感情の出し惜しみをしない、昴流のこういうところが大好きだ。多少照れることはあっても、自分の気持ちにうそはつかない。どんなときでもまっすぐな昴流。とはいえ、上にこのかわいい顔があるのは落ち着かず、やんわりと体勢を変えて下に昴流の体を持っていく。

「あ、あれ……?」

自分から押し倒してきたくせに、さっと頬を赤らめるところがまたかわいい。

寝癖にまみれた黒髪に手を差し込み、唇を近づける。恋人になって初めての朝は、ぴったり抱き合ってのキスから始まった。

この本を読んでのご意見、ご感想などをお寄せください。
彩東あやね先生・木下けい子先生へのはげましのおたよりもお待ちしております。

〒113-0024　東京都文京区西片2-19-18　新書館
[編集部へのご意見・ご感想] ディアプラス編集部「花降る町の新婚さん」係
[先生方へのおたより] ディアプラス編集部気付　○○先生

- 初 出 -
花降る町の新婚さん：小説DEAR+20年フユ号（vol.76）
その後の新婚さん：書き下ろし
初めての朝：書き下ろし

[はなふるまちのしんこんさん]
花降る町の新婚さん

著者：彩東あやね　さいとう・あやね

初版発行：2021年3月25日

発行所：株式会社 新書館
[編集] 〒113-0024
東京都文京区西片2-19-18　電話（03）3811-2631
[営業] 〒174-0043
東京都板橋区坂下1-22-14　電話（03）5970-3840
[URL] https://www.shinshokan.co.jp/

印刷・製本：株式会社光邦

ISBN978-4-403-52528-5